KB002911

꽃세상, 길을 만납니다

숲꽃에서 만나는 치유의 삶

꽃세상, 길을 만납니다

초판 1쇄 인쇄일 2024년 01월 29일
초판 1쇄 발행일 2024년 02월 08일

글 · 사진 김준태
펴낸이   양옥매
디자인   표지혜
마케팅   송용호
교 정   조준경

펴낸곳 도서출판 책과나무
출판등록 제2012-000376
주소 서울특별시 마포구 방울내로 79 이노빌딩 302호
대표전화 02.372.1537   **팩스** 02.372.1538
이메일 booknamu2007@naver.com
홈페이지 www.booknamu.com
ISBN 979-11-6752-417-1 (03810)

숲꽃에서 만나는
치유의 삶

글·사진 **김준태** ·

꽃 세상, 길을 만납니다

책나무과

꽃세상, 길을 만납니다

꽃세상에 바람이 붑니다. 해마다 우리 곁에서 계절을 지켜 주는 꽃님들 이야기입니다. 이웃과 나누고 협력하는 공존의 세상이지요. 일상이 사사건건 경쟁이고 비교와 집착으로 얼룩진 사람세상을 돌아봅니다. 물질 중독이라 할까요. 이 욕망에 사로잡혀 앞만 바라보며 살고 있지는 않은가요? 그래서 얻은 것은 무엇인지요. 잃은 것도 있겠지요. 그래도 그냥 직진인가요? 언제쯤 어떻게 하면 이 질곡을 넘어설 수 있을까요.

삶 자체만으로도 놀랍고 신비스러운 일이지요. 잠시 나를 둘러싼 관계망에서 벗어나 "나는 나로서 존재하고 있는가?"를 묻습니다. 무한경쟁에 길들여져 이리저리 휘말리고 있는 나를 발견합니다. 언제부터였는지 나를 잃고 야수적으로 살고 있었습니다. 삶의 가치는 이미 초라해지고, 뇌리 한쪽 구석으로 밀려나 묵시적 동조로 일관하고 있습니다. 이

고립에서 벗어날 돌파구가 절실합니다. 다시 균형을 찾아 나답게 살고 싶습니다.

사람세상은 지속 가능한지요. 꽃세상에게 길을 묻습니다. 꽃을 피운다는 것은 제 살을 트는 기적이지요. 꽃으로 암수를 구별하고, 서로 다른 개체와 소통하고 헌신했기에 지금 이렇게 번창하고 있습니다. 그러지 못한 종들은 이미 진화열차에서 사라졌습니다. 꽃식물이 이룩한 대혁명 덕분에 사람세상도 존재하는 것이지요. 그런 우리는 꽃세상에서 무엇을 배우고 있나요? 혹시 자기만의 리그에 갇혀 아등바등하지는 않는지요. 사람세상도 세대를 위해 제 살을 트고 있는지 살펴봅니다.

꽃세상에서 함께 살아가는 지혜를 마주합니다. 서로의 삶터를 존중하고 꽃 피는 시기를 달리해 경쟁을 피합니다. 작은 꽃들은 함께 뭉쳐 큰 꽃을 이루고 서로 의지하면서 역경을 함께 헤쳐 갑니다. 꽃에 형형색색 무늬도 만들고 냄새도 풍겨 곤충이 잘 찾아오도록 배려합니다. 암술 수술 길이를 다르게 하고, 꽃가루 익는 시기와 암술머리 열리는 시기도 달리하여 다른 개체와 화합합니다. 수정이 끝나면 꽃색을 바꾸고 꽃잎도 떨어뜨리지요. 미처 짝짓지 못한 이웃들에게 곤충이 집중할 수 있도록, 자기 욕심을 버리는 것입니다.

　꽃길에 선 사람들을 만납니다. 경쟁, 비교, 그리고 욕심을 지우니 꽃세상과 사람세상이 하나가 됩니다. 그 안에서는 모두가 꽃사람입니다. 하루하루를 아름답게 사는 사람들이지요. 그들이 실천하는 삶이 있기에 온 세상이 해밝습니다. 그렇게 우리, 꽃세상에서 길을 만납니다.

2024년 꽃세상
우산봉 아래에서
김준태

차례

마중…
바람이 불어옵니다

볕 좋은 담벼락에 기대

파란 공기 들이마시던 때가 그립습니다.

마음을 앞세워, 아직 저만큼 있는

꽃님에게 손짓합니다.

꽃바람에 리듬을 탑니다.

얼음새꽃_ *Adonis amurensis* Regel & Radde

얼음새꽃

세상, 기지개를 켭니다

이제 봄이 오면 좋겠습니다. 오늘이 입춘立春이니, 겨울 장군님 기세는 좀 꺾이려는지요. 아직은 한파가 기승입니다. 여전히 북쪽 소식을 칼바람으로 전해 듣고, 좀 잠잠하다 싶으면 미세먼지로 서쪽 소식을 듣습니다. 삼한사미三寒四微라 하지요. 차라리 추운 게 나으려나요. 시베리아 북풍이라도 빌려 미세먼지를 날리고 싶습니다. 사람이 만든 재해입니다. 치유 가능한 대책과 몸에 밴 실천이 절실하지요. 찬바람이 매서운 날, 볕 좋은 담벼락에 기대 파란 공기 들이마시던 때가 그립습니다. 마음을 앞세워, 아직 저만큼 있는 봄에게 손짓합니다.

이즈음 남녘에서 홍매화가 소식을 전합니다. 천년 고찰을 지켜 온 고목古木마다 꽃눈을 열고, 붉은 향기로 피어나지요. 제 살을 트는 기적입니다. 겨우내 생각 없이 서 있는 줄 알았는데, 다 계획이 있었습니다.

숲에도 언 땅을 딛고 일어서는 꽃이 있습니다. 딴딴히 얼어붙은 숲 바닥을 비집고 황금빛 꽃망울로 기지개를 켭니다. 밤새 소복이 내린 눈을 녹이고 올라온 꽃도 보입니다. 그래서 얼음새꽃입니다.

다른 풀·나무들은 아직 잠자는 겨울일 뿐입니다. 이들이 모두 깨어나 숲이 소란해지기 전에 먼저 꽃을 피우고 자손도 만듭니다. 시기를 달리하는 전략으로 경쟁을 피하는 지혜이지요. 활짝 열린 황금꽃이 세상 빛을 다 모으는 집광기라고 할까요. 반짝이는 꽃빛으로 숲 전체를 밝힙니다. 그러고 보니 섣달 끝자락 시샘에 숲이 온전히 얼음새꽃 차지입니다. 제일 먼저 일어나 유전자를 계승했으니 잎줄기도 오래 남아 있을 이유가 없습니다. 일찌감치 에너지를 뿌리에 모으고 다음 해를 약속합니다.

뿌리로 겨울을 나는 풀을 여러해살이풀이라 합니다. 씨앗으로 겨울을 나는 한해살이풀도 있지요. 봄에 싹을 틔우고 꽃을 피워 씨를 만듭니다. 그리고 겨울이 오기 전에 한살이를 마감합니다.

이들과의 경쟁을 피하고자, 얼음새꽃이 엄동설한 개화開花를 마다하지 않은 것이지요. 무한경쟁이 일상인 우리네 사람세상을 돌아보게 만듭니다. 이제 얼음새꽃 지면, 바람꽃, 제비꽃, 개별꽃, 현호색, 양지꽃, 괴불주머니…. 저마다의 방식으로 차례차례 봄을 마중하겠지요. 그들이 만들어 가는 공존의 방식을 헤아려 봅니다.

얼음새꽃은 우리에게 복수초福壽草로도 익숙합니다. 이른 봄 황금색 꽃을 보면 행운이 따르고 오래 산다고 해서 붙여진 이름입니다. 누구에게 앙갚음하려고 피는 꽃이 아니니 오해하시면 안 됩니다. 행복을 상징하는 우리 땅 우리 숲꽃이지요. 북풍한설에도 주눅 들지 않는 생명력에 한 번 더 감동합니다. 숲길에서 만나는 것만으로도 마음이 넉넉해집니다. 하얀 눈 사이로 잠깐 보이는 황금꽃이니 부지런해야 볼 수 있지요. 올해 꼭 만나시고 복 많이 받으시면 좋겠습니다.

변산바람꽃_ *Eranthis byunsanensis* B. Y. Sun

꿩의바람꽃_ *Anemone raddeana* Regel

바람꽃

새봄을 마중합니다

　　바람에 봄이 묻어옵니다. 메이크업도 짙게 해 보고 옷가지 순서도 바꿔 봅니다. 아직 이른 것 같은데, 그래도 설렘이 앞섭니다. 사람들 밝아진 미소와 화사한 차림새로 도시도 생동합니다. 꽃을 찾는 사람들도 움직이기 시작하지요. 덕분에 마이크로렌즈가 서랍에서 나와 세상 구경을 합니다. 올해도 이 렌즈를 통해 꽃님들과 사는 이야기 많이 나누겠지요. 이 맘때 잊지 않고 달려가는 곳이 있습니다. 무채색 세상에 봄을 알리는 진객, 변산바람꽃이 자생하는 나만의 그곳입니다.

　　올해도 변함없이 그 자리를 지키고 있습니다. 가녀린 꽃줄기마다 꽃망울을 열고 세상을 굽어봅니다. 이만큼 극적인 모양새가 있을까요? 꽃 모양을 보면 더욱더 신비롭습니다. 하얀색 꽃잎으로 보이는 것은 실은 꽃잎이 아니라 꽃받침이랍니다. 안쪽에 깔때기 모양으로 솟아 있는 노란 게 진짜 꽃잎이지요. 아주 작아 실감이 가지 않습니다. 그래도 곤충들이 다섯 장 꽃받침 자태에 반해 달려올 테니 걱정할 필요는 없습니다.

바람이 불 때마다 활짝 핀다 해서 바람꽃입니다. 속명屬名도 바람을 의미하는 아네모스Anemos를 가져와 아네모네 Anemone입니다. 꽃집에 있는 원예종 아네모네가 연상되기도 하지요. 꽃 크기며 색을 사람 눈에 보기 좋게 개량한 품종들입니다. 그에 비해 숲에서 만나는 아네모네는 참 소박하면서 기품이 있습니다. 우리 자연에서 빚어진 우리 스타일의 K-플라워라 할까요. 자랑스럽습니다.

바람꽃은 종류도 참 많습니다. 기본종은 *Anemone narcissiflora* Linnaeus이고요. 변산바람꽃과 같이 노란 깔때기 꽃잎을 가진 바람꽃은 너도바람꽃속Eranthis으로 분류합니다. 꿩의바람, 홀아비바람, 회리바람, 풍도바람, 쌍동바람, 숲바람, 들바람, 남바람, 만주바람, 매화바람…. 꽃에 바람이 참 많이도 불지요.

　꽃 모양이나 사는 장소에서 캐릭터를 찾아 각각에 이름을 붙였습니다. 이들을 하나하나 구별하려면 전문가적 식견이 있어야겠지요. 너무 애쓰지는 마시고요. 가장 먼저 피는 변산바람부터 만나시길 권합니다. 바람꽃에 대해 감이 잡히실 겁니다. 시샘 날씨가 수상합니다. 바람처럼 사라지기 전에 지금 꽃마중 나가시지요.

　구름에 해가 가려지더니, 꽃잎이 문을 닫고 고개를 떨굽니다. 나름 열을 빼앗기지 않으려는 자구책입니다. 다시 해가 나오니 언제 그랬냐는 듯이 꽃잎을 활짝 엽니다. 세상 빛이 그 안에 다 들어 있습니다. 꽃을 매개로 새 생명을 잉태하는 긍정의 빛이지요.

　올해도 변산바람꽃 만났으니 또 하나의 희망을 열어 갑니다. 바람꽃 순수의 힘으로 나와 이웃의 삶이 나아지기를 주문합니다. 건강하게 지내기, 상처 만들지 않기, 혼자서도 잘하기. 변산바람꽃 만나는 날! 꽃세상과 사람세상이 새 출발을 결의합니다. 똑똑, 봄을 깨웁니다.

노루귀_ *Hepatica asiatica* Nakai

노루귀_ *Hepatica asiatica* Nakai

노루귀

갈잎숲도 깨어납니다

숲 바닥이 굴참나무·졸참나무·신갈나무 낙엽으로 수북
합니다. 며칠 건조한 날씨가 이어지니, 잔뜩 뒤틀린 채 골바
람에 서걱거립니다. 이들이 땅속으로 스며들어 다시 잎새로
태어나기까지 몇 해가 걸리겠지요. 아직은 지난해 무성했던
초록 여운을 붙잡고 있습니다. 이 갈잎 틈새로 함초롬히 고
개를 내미는 숲꽃을 발견합니다. 잎 모양이 노루의 귀를 닮
았다는 노루귀입니다. 얼음새꽃·변산바람꽃과 친구 삼아, 우
리 숲에서 봄볕을 가장 먼저 마중하는 꽃님 삼총사입니다.

어른 손가락만 한 길이로 줄기를 올려 꽃망울을 펼칩니

다. 하양, 분홍, 파랑, 보라…. 색상도 다양합니다. 한 가지 더 돋보이는 게 있습니다. 바로 줄기마다 나 있는 보송보송한 하얀 솜털입니다. 이른 아침 빈 나뭇가지 사이로 햇살이 눈부실 때, 이를 배경으로 반짝이는 실루엣이 단연 예술입니다. 이 장면을 그냥 지나칠 수는 없겠지요. 한참을 바라보다 비로소 렌즈에 담습니다. 노루귀 하나로 갈색 숲은 깨어나고, 나의 시간은 멈춰지는 반전의 순간입니다.

해가 길어지고 날씨도 포근해집니다. 이를 알아채고 꽃줄기를 올립니다. 꽃이 피고 난 후에 비로소 잎이 나오지요. 겨우내 붙잡아 두었던 에너지를 총동원해 꽃부터 피웁니다. 자손을 남기는 일이 우선이니 당연합니다. 그다음에 잎을 키워 몸집을 불립니다. 처음에 잔털 보송한 어린잎이 말려서 나오고, 자라면서 세 갈래로 갈라져 노루 귀 모양을 합니다. 꽃 일을 하고 난 다음 잎 일을 하는 것이지요. 이를 거꾸로 한 동료들은 진화 역사에서 사라졌습니다. 일을 순서대로 했기에 지금 존재하는 것입니다.

사람세상 일에도 순서가 있지요. 먼저 할 일과 나중에 할 일이 있습니다. 이를 분간하지 못하면 주변 사람들이 힘들어

하겠지요. 회사든 관공서든 유난히 일머리가 뛰어난 사람들이 있습니다. 많이 보고, 모르면 찾고, 정리를 잘하는 사람들이지요. 매사에 능동적으로 참여하고 일을 두려워하지 않습니다. 그런 조직의 열차는 덜컹거리지 않겠지요. 자기 일을 잘하는 게 최고의 봉사입니다. 노루귀가 꽃 일부터 하여 지속할 수 있었듯이, 우리도 먼저 해야 할 일이 무엇인지 살펴봅시다.

선운산에서 노루귀를 처음 보았었습니다. 조심스레 렌즈에 담고 있는데, 어떤 분이 "이 꽃이 뭐야? 와, 예쁘다." 하면서 옆에 청노루귀를 뽑아 가더라고요. 그럴 때 쓰는 표현으로 "어이없다."라고 하지요. 말문이 막혔던 기억이 납니다. 한마디 해 주려고 했는데, 생긴 게 우락부락해 꼬리를 내렸지요. 가끔 동네 꽃밭으로 불려 와 있는 노루귀를 볼 때마다 그때 생각이 납니다. 탐도 나시겠지만, 그냥 그대로 자연에 놔두시는 게 덕德입니다.

이른 봄 갈잎숲을 깨우는 숲속의 요정, 노루귀를 만나며 새로운 출발을 다집니다.

처녀치마_ *Heloniopsis koreana* Fuse, Lee & Tamura

처녀치마

귀한 시절 인연입니다

숲 언저리에서 봄까치꽃, 봄맞이꽃, 꽃마리가 서둘러 봄을 알립니다. 숲 안쪽에는 얼음새꽃, 바람꽃, 노루귀가 제철이지요. 이 무렵 고산준령은 아직 녹지 않은 눈덩이들로 동장군의 흔적이 여전합니다. 바람이 시리고, 낮과 밤 사이 일교차도 크고요. 그래도 어김없이 봄 시계를 읽고 움을 틔우는 꽃님을 만납니다.

볕이 잘 드는 하늘길을 따라 노랑·하양·자주색 제비꽃들이 숲나그네를 반기고요, 노랑 양지꽃도 해맑습니다. 이즈음 눈덩이 엉겨 붙은 비탈면 그늘에서도 귀한 시절 인연을 만날 수 있습니다. 바로 처녀치마입니다.

잎이 마르지 않고 푸른 상태로 겨울을 나는 풀들이 있습니다. 냉이, 망초, 질경이, 뽀리뱅이, 지칭개, 꽃다지, 민들레…. 방석식물이라 하지요. 땅에 납작 붙어 방사상으로 잎을 펼치니 햇볕도 골고루 받고, 지열地熱도 붙잡습니다.

처녀치마도 이들처럼 푸르스름한 잎으로 겨울을 납니다. 숲 바닥에서 나오는 온기로 추위를 이겨 내다, 경칩이 지날 무렵 꽃대를 올리기 시작합니다. 꽃줄기 끝에서 아래를 굽어보는 보랏빛 꽃다발이 단연 돋보이지요. 길게 뻗어 나와 있는 암술 수술도 그럴 만한 이유가 있어 보이네요. 임을 향한 기다림이랄까요.

꽃줄기에도 사연이 있습니다. 꽃이 필 때는 분명 손가락 길이 정도로 짧은데, 수정이 끝나면 무릎 높이 정도까지 길게 자라 오릅니다. 아무래도 키가 크면 바람을 잘 받겠지요. 그렇습니다. 씨앗들이 다 익었을 때, 이들을 멀리 날려 보내고자 하는 전략적 생장입니다.

처녀치마꽃은 워낙 짧은 기간 피고 지기에 만나기가 그리 호락호락하지 않습니다. 한여름에 길게 자란 꽃줄기 끝에 산만하게 매달린 열매를 보면서, 내년 봄에는 꼭 꽃을 봐야지 하고 되뇌곤 했습니다. 참 귀한 인연이지만, 누구나 한 번쯤 마주하면 좋겠습니다.

처녀치마는 땅바닥에 넓게 퍼진 잎이 치마를 닮았다 해서 붙여진 이름입니다. 하지만 일본 이름인 성성이치마, 성성고猩猩袴, ショウジョウバカマ를 그대로 차용했다는 주장이 대세이지요. 성성이는 원숭이 분장을 한 일본 광대랍니다. 주름치마를 입고 있지요. 우리 이름으로 옮겨지면서 성성이가 처녀로 둔갑한 것으로 여겨집니다.

우리나라 전통 치마는 주름지거나 갈라지지 않지요. 처녀치마가 우리 이름이 아니라는 논란의 근거이기도 합니다. '치마풀' 또는 '치맛자락풀'이라 불리기도 합니다. 이름에 처녀와 치마가 들어 있으니 좀 그렇습니다.

우리나라에 식물분류학이 시작된 게 일제 강점기부터이니, 생물종 이름에 일본의 흔적이 많이 남아 있는 게 사실입니다. 볼 때마다 안타깝지요. 하루아침에 바꾸기 어렵겠습니다만, 전문가들께서 자세히 살펴보시고 우리 정서로 바꾸어 주시면 좋겠습니다. 숲길에서 처녀치마를 만나시면, 좋은 우리말 이름 하나 지어 주시는 건 어떨까요?

처녀치마_ *Heloniopsis koreana* Fuse, Lee & Tamura

제비꽃_ *Viola mandshurica* W. Becker

노랑제비꽃_ *Viola orientalis* (Maximowicz) W. Becker

제비꽃

그 세월 다 이겨 냈습니다

강남 갔던 제비가 돌아올 무렵에 피는 꽃, 제비꽃입니다. 도시 아스팔트 틈새부터 잘 가꾸어진 화단까지 장소를 가리지 않습니다. 여기저기 빈터마다 새봄을 알리는 주역입니다. 흔하다 보니 존재감에서 치이기도 합니다. 깨알만큼 작은 씨앗들이 일 년을 통째로 참아 내고 피워 낸 꽃들이니 소중히 바라보면 좋겠습니다. 올해도 변치 않고 제비꽃이 피었다는 것은 아직 지구가 견딜 만하다는 신호이겠지요. 고맙네요. 반갑게 맞이합니다.

제비꽃은 '오랑캐꽃'으로도 익숙합니다.

긴 세월을 오랑캐와의 싸움에 살았다는
우리의 머언 조상들이
너를 불러 오랑캐꽃이라 했으니
어찌 보면 너의 뒷모양이
머리채를 드리운 오랑캐의 뒷머리와도 같은 까닭이라
전한다.

이용악《오랑캐꽃》서문에 사연이 담겨 있습니다. 북방 유목민족을 오랑캐라 경계했었지요. 수시로 국경을 넘어왔으니 반가울 리 없었습니다.

특히 보릿고개 때마다 쳐내려와 쌀 한 톨, 콩 한 쪽까지 긁어 갔으니 치가 떨렸을 겁니다. 하필이면 그 시기에 제비꽃이 피었지요. 꽃 뒷부분이 주머니처럼 길게 늘어진 게 문제였습니다. 유목민족의 전통 헤어스타일, 앞머리는 깎고 뒷머리를 길게 늘어뜨리는 변발椎髻을 닮은 거지요. 말을 타고 순식간에 마을을 수탈하던 댕기 머리들, 그들이 너무도 얄밉고 무서웠을 겁니다. 그러니 우리 조상님들 밭둑에 핀 제비꽃이 반가울 리 없었지요. 오랑캐꽃이라도 부르면서 한풀이했습니다.

우리나라에 자생하는 제비꽃은 종류도 많고 형태도 다양합니다. 종간교배로 잡종현상이 심해 구별하기가 쉽지는 않습니다. 그때나 지금이나 마을 들판에서 흔히 만나는 제비꽃 기본종은 *Viola mandshurica*입니다. 보라색 꽃으로 익숙하지요. 뿌리에서 긴 잎자루가 있는 잎이 모여 나오고, 잎 사이에서 긴 꽃줄기를 올려 꽃을 피웁니다. 열매 꼬투리에는 깨알 같은 씨앗이 들어 있지요. 친구들과 언덕배기에 앉아, 다 익은 꼬투리를 톡톡 건드려 씨앗을 여기저기 튕겨 내보내던 시절이 그립습니다.

속명 비올라Viola는 보라색을 의미합니다. 그렇다고 제비꽃이 보라색만 있는 것은 아니고요. 숲 안쪽으로 들어가면 보라색 기본종을 비롯해 하양·노랑까지 다양한 제비꽃 사촌들을 만날 수 있습니다.

제비꽃은 주로 꽃색과 잎 모양으로 구별합니다. 노란 꽃이 유난한 노랑제비, 하얀 꽃 흰제비, 잎이 고깔 모양으로 말려 있는 고깔제비, 잎 가장자리에 뾰족뾰족 톱니를 가진 태백제비, 단풍잎을 닮은 단풍제비, 가늘게 잎이 갈라진 남산제비, 잎에 알록달록 무늬가 있는 알록제비, 작고 하얀 꽃에 자주색 줄무늬를 가진 콩제비, 잎과 줄기에 잔털이 수북한 털제비…. 해마다 우리나라 산과 들이 온통 제비꽃 화원입니다. 그래야만 봄이지요. 누구도 해칠 수 없습니다. 봄은 계속돼야만 합니다.

태백제비꽃_ *Viola albida* Palibin

남산제비꽃_ *Viola albida* var. *chaerophylloides* (Regel) Maekawa ex Hara

현호색_ *Corydalis remota* Fischer ex Maximowicz

현호색

함께하니 살아집니다

해밝은 봄날입니다. 각양각색 꽃님들이 들녘을 깨우고, 노고지리 노랫소리가 아지랑이 사이로 하늘 높이 메아리칩니다. 움츠렸던 일상을 접고 기지개를 켜라는 신호이지요. 사람세상도 움직이기 시작합니다.

동창이 밝았느냐 노고지리 우지진다
소 치는 아이는 상기 아니 일었느냐
재 너머 사래 긴 밭을 언제 갈려 하느니

학창 시절 단골로 외웠던 남구만 작품 시조이지요. 새봄이 왔으니 농사를 시작하자는 가르침입니다. 몸도 생각도 부지런해지는 때입니다.

노고지리는 종달새이지요. 종다리로 익숙합니다. 어린 시절 알을 찾으려고 논둑·밭둑을 구석구석 뒤지던 기억이 생생합니다. 예전에는 많았는데 지금은 쉽게 만나기 어려운 새입니다. 사람의 간섭과 기후변화의 영향 때문이겠지요. 우리가 모질게 밀어낸 겁니다. 그 시절은 봄꽃과 종다리 노래로 농촌 마을이 정겨웠습니다. 처마 밑에 매달아 두었던 쇠스랑이며 쟁기도 내리고, 농사일이 분주해지기 시작했지요. 외양간 소들도 때를 다 알아챘답니다.

이 무렵 숲 안쪽에서는 현호색玄胡索이 보랏빛 봄을 알립니다. 새순이 새끼를 꼬듯 올라와, '꼬을 색索'이 붙은 한자 이름을 그대로 빌렸습니다. 서양에서는 꽃 모양을 종다리 머리 깃에 비유했지요. 그래서 속명이 코리달리스Corydalis입니다. 그러고 보니 가느다란 꽃줄기에 종다리가 무리를 지어 앉아 있는 듯합니다. 숲 언저리에서도 자주괴불주머니 같은 현호색 사촌들을 볼 수 있습니다.

하나씩 있으면 참 외롭고 가냘파 보였겠습니다. 하지만 함께 모여 있기에 큰 꽃들을 부러워할 일이 없습니다. 혼자로는 연약하니 여럿이 뭉쳐 큰 덩치 흉내를 낸 거지요. 몸집을 불렸으니 벌·나비들도 쉽게 알아보겠고요. 재난 대비에도 유리합니다. 큰 변고가 생겨 작은 꽃 몇 개가 손상을 입더라도, 남아 있는 꽃으로 유전자를 남길 수 있으니까요. 그러니 덩치 큰 꽃 한 개로 세상살이 버텨 간다는 게 그만큼 힘든 일이지요.

꽃 뒤쪽으로 길게 늘어진 꿀주머니도 맵시가 말끔합니다. 오랜 세월 넘어지고 일어서기를 거듭하며 일궈 온 밸런스입니다. 그렇게 궁리했기에 지금까지 살아남은 거지요. 살아 있는 것들이 모두 위대한 이유입니다.

참 좋은 봄날! 종다리 현호색이 꽃세상에서 고고孤高합니다. 작다고 가벼이 여기면 안 되겠습니다. 사람세상도 한 명 한 명 건강한 생각이 모여 큰 세상을 만들지요.

자기들이 약속한 룰을 어겼을 때, 어떤 사람은 처벌받는 게 당연하다고 인정합니다. 어떤 사람은 재수가 없어 걸렸다고 오히려 당당하지요. 온갖 변명을 동원해 이리저리 빠져나갈 궁리부터 하지요. 자라나는 아이들이 배울까 두렵습니다. 잘못하고도 잘못을 인정하지 않는 후진적 사고를 경계해야 합니다.

"나 혼자 지킨다고 해서 세상이 바뀌겠어?"보다는 "나 하나라도 지켜야지." 하는 반전이 필요합니다. 꽃세상처럼 사람세상도 지속 가능하도록 다 함께 힘을 모아 봅시다.

자주괴불주머니_ *Corydalis incisa* (Thunberg) Persoon

얼레지_ *Erythronium japonicum* Decaisne

얼레지

바람에 리듬을 탑니다

꽃잎이 뒤로 활짝 젖혀져 있어 금방 눈에 띄는 얼레지입니다. 덕분에 암술 한 개와 수술 여섯 개가 확연히 드러나 보이지요. 꽃잎 안쪽에는 꿀샘 안내판 역할을 하는 알파벳 W자가 뚜렷이 새겨 있습니다. 이 모양새가 자극적이었는지 꽃말이 '바람난 처녀'입니다. 보통 우리나라 봄꽃은 소박하면서 청초한 이미지가 있지요. 그에 비해 얼레지는 많이 화려합니다. 꽃송이마다 자줏빛 유혹을 머금고 살랑이는 봄바람에 리듬을 맞춥니다. 마음이 들뜨는 기분이랄까요. 누구나 걸음을 멈추게 됩니다.

얼레지는 녹색 잎에 자주색 얼룩무늬가 있어 이름 지어졌습니다. 이 꽃을 만나면, 초등학교 시절 생각을 하곤 합니다. 남녀칠세부동석男女七歲不同席이라 세뇌받던 그 시절, 지금 아이들이 말하는 여친·남친은 상상도 못 할 시절이었지요. 그런데도 친구들끼리 굳이 짝을 지어 주고 "누구랑 누구랑 얼레리 꼴레리래요." 하면서 놀리던 생각이 납니다. 시대에 따라 생각도 변해 왔지요. 어쩌면 그 당시 문화적 허용치에 대한 저항이었을지도 모르겠습니다. 지금 다들 잘 살고 있겠지요.

얼레지 뿌리는 감자 고구마처럼 먹거리로도 요긴했습니다. 요즈음 사람들 탄수화물 섭취를 줄여야 한다며 호사를 부리지요. 보릿고개를 넘나들던 옛적에는 바로 그 탄수화물을 찾아 숲에서 고단했답니다.

대바우 용늪에 얼레지가 나거든
너하고 나하고 얼레지 캐러 가자
노랑두 대가리 뒤범벅상투
언제나 길러서 내 낭군 삼나
저것을 길렀다 낭군을 삼느니

얼레지 캐러 가는《양구얼레지타령》입니다. 그 와중에도 낭군 걱정하는 해학에 웃어 봅니다. 그 봄이 바람난 얼레지 봄이었습니다.

얼레지는 씨앗 껍질을 부풀려 엘라이오좀elaiosome이라는 방향체芳香体를 만듭니다. 이 방향체 냄새가 개미 유충이 풍기는 냄새와 비슷하다고 합니다. 그래서 일개미들이 얼레지 씨앗을 유충인 줄 알고 자기 집 근처로 열심히 가져다 놓고요. 결국에는 방향체만 먹이로 저장하고 씨앗은 개미집 근처에 버린답니다. 개미와 얼레지의 협업이지요. 왜 얼레지가 숲 한편에서 군데군데 무리를 이루어 피는지 이해가 되는 대목입니다.

개미라는 매개동물을 이용해 씨앗을 멀리 보내는 얼레지의 전략이 신통합니다. 제자리에 멈춰 있어 보이지만, 실은 다 생각하면서 살고 있다는 증거이지요. 얼레지 무리를 볼 때마다 거듭 깨닫습니다.

가끔 사람들 손을 타 짓뭉개진 얼레지 자생지를 발견합니다. 아비규환이지요. 전란에 민간인에게 해를 입히는 경우와 다를 바 없습니다. 누구를 위한 싸움이고, 누구를 위한 희생인지요. 집단 간의 폭력 그 이상 그 이하도 아닌데요. 사람 세상 사람이 가장 무섭습니다. 그냥 서로 존중하면서 자연과 함께 순환하면 좋겠습니다.

얼레지_ *Erythronium japonicum* Decaisne

홀아비꽃대_ *Chloranthus japonicus* Siebold

홀아비꽃대

혼자로도 충분합니다

황장산 차갓재에서 홀아비꽃대를 만났습니다. 오를 때 보지 못하고 내려오면서 보았지요. 정상에 올라가야 한다는 목표가 앞서서일까요. 산을 오를 때마다 나도 모르게 시야가 좁아지고, 내려올 때 비로소 많은 것을 보게 됩니다. 우리 일상도 무엇을 강렬히 추구하다 보면, 거기에 몰입돼 눈이 어두워지고 무리수를 두게 되지요.

지나고 돌아보면 후회할 일만 남습니다. 내려오는 마음으로 오르는 지혜가 있으면 얼마나 좋을까요. 시력視力을 다시 정의하고 싶습니다. 크게 보고 크게 판단하는 힘이지요.

그냥 잘 보는 것을 넘어 맑은 생각으로 주변을 평안하게 하는, 그런 사람이 가진 품성입니다.

홀아비꽃대는 이삭처럼 생긴 꽃들이 꽃줄기마다 한 뭉치씩 나옵니다. 녹색 잎 넉 장으로 감싸진 모양이 비단 포장으로 감싼 꽃 한 다발 같지요. 이 생김새가 외롭고 쓸쓸해 보였는지 홀아비에 비유했습니다.

그런데 하얀 꽃은 실은 꽃잎이 아니라 수술입니다. 수술이 두꺼워져 꽃잎처럼 보이고요. 노란 꽃밥이 수술머리가 아닌 씨방과 맞닿는 부위에 있는 것도 특이한 모양입니다. 꽃잎·암술·수술·꽃받침이 다 있어야 갖춘꽃이지요. 홀아비꽃대는 꽃잎이 없고, 수술이 꽃잎 행세를 하니 안갖춘꽃입니다.

아내를 잃고 홀로 지내는 남자를 홀아비라 하지요. 그러잖아도 측은한데 애꿎게 꽃 이름에까지 홀아비가 등장합니다. 남편을 잃고 홀로 지내는 사람을 과부寡婦라 하지요. 과부꽃대도 있는지 궁금한데, 실제로 이를 은유하는 옥녀꽃대라는 상대가 있습니다. 잎 모양이나 전체적인 생김새가 홀아비꽃대와 비슷하나, 가늘고 긴 꽃술로 구별할 수 있습니다.

학명學名도 *Chloranthus fortunei* (A.Gray) Solms로, 별도 종으로 분류하고 있지요. 꽃 이름에 홀아비와 과부를 동원한 우리 조상님들 위트가 대단하십니다. 꽃님끼리도 인연因緣을 맺어 주셨지요.

홀아비바람꽃도 있습니다. 꽃대마다 하얀색 꽃이 한 송이씩 나오는 미나리아재비과科 숲꽃이지요. 모내기 철에 숲에서 두 홀아비 꽃을 다 볼 수 있답니다. 아무래도 홀아비라는 단어가 주는 뉘앙스 탓인지, 홀아비꽃대 꽃말은 '외로운 사람'입니다. 홀아비바람꽃은 '사랑의 괴로움'이고요. 꽤 궁상스러워 보이는데, 전혀 그렇지 않답니다. 둘 다 이름과 달리 참 깔끔하고 산뜻한 자태로 혼자서도 충분히 도도합니다.

코로나가 창궐하면서 "비대면, 혼자서도 잘해요."라는 트렌드가 생겼습니다. 과도한 접촉을 피하고 서로 간섭하지 않도록 조심합니다. 그러면서 남을 배려하는 마음가짐도 커졌습니다. 혼자서 밥 먹고 혼자서 여행하는 사람도 많아졌습니다. 이번 기회에 건강한 개인주의individualism가 자리 잡으면 좋겠습니다. 물론 이기주의와 구별해야겠지요.

괭이눈_ *Chrysosplenium grayanum* Maximowicz

괭이눈

함께 사는 이웃입니다

먹거리가 변변치 못했던 시절, 쥐들도 근심 걱정에 한몫했습니다. 뒤주에 구멍을 내 쌀·보리를 밀반출하고 고구마 광도 단골로 들락거렸지요. 한겨울 피둥피둥 살찐 쥐를 보면 정말 섬뜩했습니다. 국가적으로 쥐잡기 운동도 했었지요. 식량을 놓고 사람과 쥐가 전면전을 한 겁니다. 집 안 길목마다 쥐덫을 놓으면, 다음 날 어김없이 한두 마리 잡혔지요.

학교 숙제도 쥐꼬리 잘라 오기였습니다. 어쩌다 가져가지 못하면 많이 가져온 친구와 연필 한 자루로 물물 교환했지요. 천장에서 이리저리 질주하는 쥐들로 겨울밤이 길었던 시절입니다. 그래서 고양이가 대우받았답니다. 고양이 울음소리에 온 집안의 쥐들이 혼비백산했지요. 지금은 반려동물로 인기이지만, 그 당시는 사람세상에 초대된 쥐 퇴치 용병이었습니다.

어느 날 햇볕 따스한 오후였습니다. 고양이가 잡은 쥐를 가지고 왼발·오른발 펀치를 날리며 이리저리 뒤집기 놀이를 하더라고요. 저만큼 달아나면 냉큼 잡아 엎어 놓고요. 결국, 쥐도 힘을 잃고 자포자기합니다. 이를 바라보는 고양이 눈이 참 매섭고 빈틈없어 보였습니다.

그렇게 고양이는 우리 삶과 동반하여 곳곳에 등장합니다. 뒷산 모양이 고양이를 닮았다는 고양마을이 있고, 고양이가 건너다닌다는 괭이다리도 있습니다. 바닷가에 가면 고양이 울음소리를 내는 괭이갈매기가 있지요.

고양이가 배 아플 때 뜯어 먹는다는 풀, 괭이밥도 있습니다. 쥐약 먹은 고양이도 살려 낸다고 하지요. 그 시절 사람에게도 복통을 다스리는 데 요긴했답니다. 잎을 씹어 보면 시큼한 맛이 나 '시금초'라고 했지요. 그 시절 들판에서 만나는 자연 간식이었습니다.

꽃송이가 고양이 눈을 닮았다는 풀도 있습니다. 괭이눈입니다. 습기가 많은 응달에서 꽃과 잎이 바짝 붙어 자라는 범의귀과 봄풀이지요. 연둣빛 잎 위로 황금 꽃송이들이 봄볕으로 찬란합니다. 노란 꽃색을 내는 것은 꽃잎이 아니라 꽃받침이고요. 꽃받침 넉 장이 수직으로 곤추서 암술과 수술을 보호하고 있습니다. 수술 끝에 붙어 있는 노란 꽃밥도 유난합니다. 우리 조상님들, 이 생김새를 고양이 매서운 눈에 비유했습니다.

괭이눈은 처음에는 연두색이었다가, 꽃이 필 무렵 가운데부터 주변부까지 노란색으로 물들어 갑니다. 꽃송이 하나하나씩 보면 왜소해 보이나, 이들이 함께 모여 있으니 초라하지 않습니다. 연노랑 잎까지 꽃송이를 받쳐 주니 황금 광채가 휘황합니다. 이 빛을 몰라볼 곤충은 없을 겁니다. 너도나도 달려오겠지요.

수정이 끝나면 잎색이 다시 연두로 바뀌는 게 신기합니다. 내 꽃은 유전자 계승 작업을 마쳤으니, 이제 이웃 꽃으로 가서 도와주라는 시그널이겠지요. 곤충의 수고를 덜어 주면서 자기 종족의 번영을 유지해 가는 괭이눈 공존의 나라입니다.

양지꽃_ *Potentilla fragarioides* var. *major* Maximowicz

양지꽃

꽃세상이 해밝습니다

나이가 어린 아이를 존중하는 말로 어린이라 하지요. 이들의 때 묻지 않은 표정과 고운 맘씨가 있기에 사람세상이 그나마 평온합니다. 오늘을 살아가고 내일의 희망을 열어 가는 이유이기도 합니다. 어린이가 행복한 나라! 최고로 좋은 나라겠지요. 어느 나라나 최상의 유산을 물려주고자 애를 쓰고 있습니다. 우리나라에서도 어린이헌장도 제정하고 어린이날로 기념도 하고 있지요. 이들이 차별 없이 아름답게 씩씩하게 자라도록 하자는 데 누구도 이견이 없으리라 단언합니다.

양지꽃은 볕이 잘 드는 밝은 양지陽地에서 잘 자라는 풀입니다. 노란 꽃빛이 어린아이 웃음처럼 참 해맑습니다. 봄볕 따스한 숲길을 따라 여기저기 무리를 이루어 피어납니다. 마치 아이들이 운동장을 오가며 재잘거리듯 살랑살랑 리듬을 탑니다. 사사로운 욕심이나 독한 생각이 들어올 틈이 없는 양지꽃밭입니다. 거짓도 꾸밈도 없는 꽃세상이지요. 사람 세상에도 이런 순수가 많아지면 얼마나 좋을까요. 음지陰地가 많아지는 것을 경계해야겠습니다. 우리 아이들이 밝은 곳에서 밝게 자라야지요.

이맘때마다 어김없이 만나니 반갑습니다. 숲길 양옆으로 즐비하게 늘어서 사람들의 발길을 유혹합니다. 붉은색을 띤 가는 줄기들이 땅을 기면서 자라 나가 넓은 영역을 차지합니다. 그리고 줄기마다 여러 개 꽃을 피워 위세를 자랑합니다. 이 화해花海 전술에 벌님들 왕래가 분주합니다. 밭둑에서 자주 보는 뱀딸기와 헷갈리기도 하지요. 뱀딸기는 양지꽃에 비해 꽃받침이 꽃보다 크고, 줄기마다 꽃을 한 개씩만 피우는 것으로 구별할 수 있습니다.

양지꽃이 빛을 찾아 결실을 이루듯, 우리 아이들도 밝은 미소를 잃지 않고 꿈을 이루어 가면 좋겠습니다. 초등학교 교실을 방문했던 적이 있습니다. 그들이 자아내는 밝은 미소, 청아한 음성, 바른 몸가짐. 마치 딴 세상에 있는 기분이랄까요. 그 자리에 있는 것만으로도 행복했고 감동이었습니다. 특히 교실 게시판에 붙어 있는 아이들 장래 희망을 보고 많은 생각을 했습니다. 농부에서 대통령에 이르기까지 참 다양했지요. 이 아이들의 꿈이 하나하나 모두 이루어지면 얼마나 좋을까요.

이 꿈들이 중학생이 되고 고등학생이 되면서 점점 위축됩니다. 자의든 타의든 의료, 법조 등 특정 분야로 쪼그라들면서 직업 세계가 단순해집니다. 심지어 대학에 가서도, 대학을 졸업하고도 자기 전공을 버리고 치열한 변신을 꾀합니다. 해마다 대학 시험에 재수생이 많은 이유이기도 하지요. 무엇이 꿈을 이토록 망가뜨릴까요.

학벌 중시, 직업 차별, 고용 불안, 임금 격차…. 우리 사회가 여전히 해결하지 못하고 외려 대물림하고 있지요. 옆집 아이보다 우월해야 한다는 비교 공화국, 경쟁 공화국입니다. 그러니 내 아이 앞길만 눈에 보이고 다른 아이를 배려할 여유가 없습니다. 공동체는 뒷전이지요. 상황이 이런데 어른들은 지금 무엇을 하고 있는지요. 아이들이 양지꽃 해맑은 미소로 밝은 세상을 살 수 있도록, 어른들이 더욱 노력해야겠습니다.

개별꽃_ *Pseudostellaria heterophylla* (Miquel) Pax & Hoffmann

별꽃_ *Stellaria media* (Linnaeus) Villars

별꽃

참사람이 꽃입니다

모처럼 내린 봄비로 세상이 촉촉합니다. 초록 새순 움트는 소리도 새록새록 들리네요. 여기저기 장소를 가리지 않고 올라온 별꽃들이 눈에 띕니다. 가느다란 줄기가 덩굴처럼 뻗어 무성하게 자랐고요. 대단한 생명력입니다. 이 초록 덤불을 배경으로 아주 작고 하얀 꽃들이 밤하늘 별처럼 반짝입니다. 땅 위에서 펼치는 은하수 별무리라고 할까요. 속명도 별을 의미하는 스텔라Stella를 붙여 스텔라리아Stellaria입니다.

자세히 보니 다섯 장 꽃잎이 토끼가 귀를 쫑긋 세운 듯 귀엽습니다. 꽃잎마다 아랫부분까지 깊게 갈라져 있어, 마치

열 장처럼 보입니다. 작지만 풍성하게 보이는 전략입니다. 이유를 알고 나니 신기하지요. 나름대로 다 고민하고 고쳐가면서, 그렇게 적응해 왔습니다.

꽃과 잎이 좀 더 큰 쇠별꽃도 있습니다. 구분하기가 쉽지는 않은데, 꽃 속에 암술대 모양으로 구분할 수 있습니다. 별꽃은 암술대가 세 개로 갈라져 있고요. 쇠별꽃은 다섯 개로 갈라져 있습니다.

숲 어귀 밭둑이나 길가 도랑에서 별꽃과 쇠별꽃을 자주 만납니다. 숲 안쪽에서 반짝이는 별꽃도 있습니다. 바로 개별꽃입니다. 이름에 '개'를 갖다 붙여 어감이 좀 그렇습니다만, 개별꽃은 별꽃보다 꽃이 크고 생김새에도 규모가 있습니다. 꽃잎이 다섯 장으로 끝에 톱니처럼 홈이 패어 있지요. 무엇보다도 수술대 끝에 검게 익은 꽃밥이 금방 눈에 들어옵니다. 하얀 꽃잎과 대비돼 낱알처럼 깜찍하지요. 꽃가루가 다 익었으니, "벌님·나비님, 어서 오세요." 초대하는 신호입니다.

우리 꽃 이름을 보면 보통 접두어를 써 기본종과 유사종을 구분합니다. 산오이풀, 물봉선, 벌개미취는 자생하는 장소로 구별한 것이고요. 가는장구채, 우산나물, 털중나리, 가시여뀌는 외관으로 보이는 특징을 반영했습니다. 애기나리, 큰앵초, 병아리난초는 크기로 이름을 붙인 것입니다.

개여뀌, 개망초, 개다래, 쇠비름, 쇠물푸레…. '개'와 '쇠' 자는 기본종보다 작거나 덜 화려하다는 선입견이 있지요. 그러나 그렇지 않고요. 그보다는 단순히 기본종과 구별하기 위한 형태소로 붙인 경우가 더 많습니다.

개별꽃 속명도 별꽃 스텔라리아에 슈도pseudo를 붙인 슈도스텔라리아입니다. 슈도는 라틴어로 '가짜'라는 뜻이지요. 그렇다고 가짜별꽃은 아닙니다. 마찬가지로 오리지널 별꽃과 학명을 구별하는 방편으로 접두어를 붙였을 뿐입니다. 숲 바닥에서 하얀 별무리를 펼치는 꽃님, 개별꽃으로 기억하시면 훌륭합니다.

숲에 가짜는 없습니다. 모두가 진짜 공동체 구성원들이지요. 그들은 언제나 정직하고요, 모든 일에 진심입니다. 사람세상도 그래야겠지요. 진짜 정직한 참꽃·참사람이 주인입니다. 그런 꽃사람이 존중받는 세상이 되길 바라봅니다.

각시붓꽃_ *Iris rossii* Baker

금붓꽃_ *Iris minutoaurea* Makino

붓꽃

———

더 밝게 나아갑니다

아이리스Iris, 많이 들어 보셨지요. 영화나 드라마 제목으로, 카페나 음식점 이름으로도 많이 보입니다. 그리스 신화에 나오는 무지개 여신이 아이리스이지요. 헤라의 시녀로 등장하는데, 신들의 제왕 제우스가 유혹해도 마음을 주지 않고 신의를 지켰답니다. 이를 고마워한 헤라가 아이리스에게 무지개를 선물했다는 이야기가 있습니다. 서양에서는 이 무지개 물방울이 떨어진 자리에서 피어난 꽃을 아이리스라 한답니다.

가뭄 끝 가는 비에 전해 오는 흙내음도 운치 있습니다. 맑

게 갠 하늘에 무지개가 열리고, 땅에는 보랏빛 아이리스꽃이 한창이지요. 우리에게는 붓꽃으로 익숙합니다. 꽃 피기 전 꽃봉오리가 먹물을 머금은 붓을 닮아 부르는 우리 이름입니다.

동네에서는 연못이나 개울 주변과 같이 물기가 있는 곳에서 많이 볼 수 있지요. 키도 크고 잎이 칼처럼 날카롭게 생겼습니다. 노랑·하양 무늬가 새겨진 보라색 꽃잎이 호화롭지요. 꽃잎이 노란색인 것은 노랑꽃창포이니 붓꽃과 구별해야겠습니다.

숲에 사는 붓꽃 종류도 알아 두시면 좋겠습니다. 동네에서 만나는 기본형 붓꽃과 다르게, 키도 작고 꽃도 단정합니다. 그래서 난쟁이 붓꽃Dwarfiris이라고도 합니다. 새색시를 닮은 보랏빛 각시붓꽃, 뻣뻣한 뿌리를 솔로 이용했다는 솔붓꽃, 꽃줄기마다 노란 황금꽃이 하나씩 나오는 금붓꽃과 두 개씩 나오는 노랑붓꽃이 있습니다. 꽃잎이 여섯 장인데 석 장씩 나누어 크기와 모양이 다르지요. 무늬가 새겨진 큰 꽃잎이 매력적입니다. 존재 이유를 분명히 하는 생명의 표식입니다.

오대산 노인봉 하산길에 각시붓꽃과 인사하며 여름을

예감합니다. 날씨가 더워지니 비로소 봄이 가져다준 호사를 깨닫습니다. 그러면서 찌는 더위와 타는 열기 속으로 들어갑니다. 여름이면 30도를 훌쩍 넘는 날이 다반사입니다. 겨울에도 영하 20도까지 넘나드니, 한 해에 50도 온도 차이를 극복하고 사는 우리가 바로 철인입니다. 그래서인지 빨리빨리 성향도, 남을 배려하는 마음에 여유가 부족한 것도 이해가 갑니다. 그럴수록 주변을 살피고 다 함께 잘 사는 방도를 찾아야겠지요.

마주치는 숲객들마다 "안녕하세요, 수고하십니다." 인사를 나누니 마음이 넉넉해집니다. 함께해야 멀리 갈 수 있지요. 공동체 가치를 높이는 핵심으로 인사를 추천합니다. 인사 잘해서 뺨 맞는 법 없답니다. 배꼽에 두 손을 포개고 허리를 숙이는 인사, 공수 인사입니다. 우리 아이들이 어렸을 때 배워 잘하다가 이상하게 사춘기쯤이 지나면 잊어버립니다. 사람을 만나도 인사할 줄 모르고 쭈뼛쭈뼛 얼버무립니다. 그러니 생각이 좁아지고 자기중심으로 세상을 판단하게 됩니다. 좋은 인성 가지기 어렵겠지요.

아이나 어른이나 인사 잘하는 나라! 바른 인성이 실력입니다.

오름···
길을 만납니다

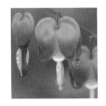

선량한 사람이 존중받는 세상!

우리가 뜻을 함께한다면
그런 세상이 열리겠지요.

혼자 살아남은 생명은 없습니다.
아직 길은 열려 있습니다.

벌깨덩굴_ *Meehania urticifolia* (Miquel) Makino

벌깨덩굴

꽃세상, 길을 만납니다

숲길에 풀색이 짙어지고 새로 나온 나뭇잎으로 제법 그늘도 생겼습니다. 봄을 열었던 꽃님들도 잎새를 달고 초록 숲으로 섞여 들어갑니다. 벌써 꽃이 지고 덩그러니 열매만 달고 있기도 합니다. 아직 피지 않은 꽃이 있다면 서둘러야 겠지요. 제철이 있는 법이니까요.

계룡산 상신길에서 벌깨덩굴을 처음 보았습니다. 혀를 내민 듯 모양을 낸 꽃부리가 독특하네요. 꽃에 꿀을 많이 가졌는지 벌님들 왕래가 요란합니다. 잎이 깻잎처럼 생겨 친숙하지요. 꽃이 지면 줄기가 덩굴처럼 뻗어 자라나 벌깨덩굴이 랍니다.

꽃이 전략적으로 생겼습니다. 보면 볼수록 참 신기하고 놀랍지요. 어떻게 저런 모양을 하고 있을까요? 저렇게 되기까지 얼마나 많은 공을 들였을까요? 아랫입술 하얀색 꽃잎 위에 보라색 반점으로 그려 낸 무늬가 선명하지요. 곤충을 불러들이는 등대이자 착륙 장소입니다. 곤충이 알아채고 날갯짓하며 꿀샘을 오가겠지요. 이 과정에서 윗입술 꽃잎에 치우쳐 있는 수술 꽃밥을 잔뜩 묻혀 다른 꽃 암술에 옮겨 줍니다. 벌깨덩굴은 꿀을 내어 주고, 벌님은 꽃가루받이를 해 주는 것이지요.

벌님 도움으로 꽃님은 자손을 번식하고, 꽃님에게서 가져온 꿀로 벌님 세계도 지속 가능합니다. 이렇듯 상호 호혜적이니 꽃과 벌은 의리를 배반하지 않습니다. 식물과 동물이라는 이질적 관계를 초월하여, 이들이 공생共生하고 있기에 세상이 아직 온전한 것이지요. 꽃이 피지 않는 세상은 상상도 하고 싶지 않습니다. 벌님도 사라지고 사람도 살 수 없겠지요. 벌님이 꿀 한 숟가락을 만들기 위해 수고했을 노동의 가치를 헤아려 봅니다. 그리고 올해도 잊지 않고 피어나 봄에 생기를 불어넣어 준 꽃님들에게 감사를 전합니다.

78

지구 생태계에는 수많은 관계가 그물처럼 얽혀 있습니다. 생물과 환경이 끊임없이 상호 작용하면서 자연自然을 이루고, 바이러스에서부터 호모사피엔스에 이르기까지 다양한 생물상이 네트워크로 소통하고 있지요. 한쪽이 일방적으로 이득을 취하거나 손해를 보는 관계는 없습니다. 그런 구성원들은 벌써 지구상에서 사라지고 없답니다. 만약에 있다면, 지금 사라지는 중이겠지요. 모두 서로 협력하면서 공진화共進化했기에 지금 존재합니다.

자칭 지구촌 최고 권력자라는 사람이 문제입니다. 생태계 순리를 무시하고 일방적으로 자연을 착취하는 독불장군이지요. 무자비한 환경 파괴, 합성 화합물과 방사능 오염, 인위적 유전자 조작 등 저지른 일들이 무시무시합니다. 생태계 구성원들이 너무 많은 스트레스를 받고 있고, 견디다 못해 사라지기도 합니다. 이제 기후 이변과 같이 자연으로부터 역습을 받는 지경에 이르렀지요.

생태계에서 홀로 진화하는 생물은 없습니다. 어떻게 하는 것이 함께 어울려 살아가는 길인지 궁리하고 실천해야겠습니다. 어쩌면 지금이 마지막 기회일지도 모릅니다.

산자고_ *Tulipa edulis* (Miquel) Baker

산자고

생각을 트고 솔직합니다

　보고 또 보고, 담고 또 담아도 개운치 않은 게 꽃 이름입니다. 지인들과 산행하면, "저 꽃은 이름이 뭐야?" 하면서 슬그머니 나를 쳐다봅니다. 생물학을 공부했으니 당연히 이름도 알아야 한다는 눈초리가 따라오지요. 꽃 이름 외우기를 배운 것도 아닌데, 그래도 무언가 답변을 해야 할 것 같습니다. 나비·잠자리같이 돌아다니기라도 한다면, 휙 날려 보내고 모른 척이라도 할 텐데요. 꽃들은 제자리에서 꼿꼿하니 피할 수도 없습니다. "나는 미생물학 전공했다오." 가끔 쓰는 회피 수단입니다.

크기가 작으면 핑계라도 댈 텐데, 눈에 확 뜨이는 꽃을 만나면 더욱 난감합니다. 산자고가 그런 숲꽃이지요. 하얀 꽃이 어두운 그늘에서 금방 드러나 보입니다. 뿌리에서 가느다란 잎 두 장이 나오고, 꽃줄기 한 개가 돋아나 꽃 한 송이씩을 피웁니다. 가늘고 긴 꽃줄기에 꽃잎 여섯 장을 달고 있으니, 무게를 지탱하기가 힘겨워 보이지요. 땅바닥으로 휘어지는 게 금방이라도 누울 기세입니다. 속명 튤리파Tulipa에서 연상되듯이 튤립과 친척으로, 우리 숲에 토종 튤립입니다.

산山에 사는 자애로운慈 시어머니姑, 그래서 산자고입니다. 이 이름은 실은 한방에서 쓰는 생약 명칭입니다. 비늘줄기로 된 덩이뿌리를 산자고라 하지요. 이를 그냥 풀이름으로 사용했습니다. 이 뿌리가 열을 내려 주고 통증에 효험이 있다 합니다. 며느리가 피부염증으로 고생하자, 이를 가엽게 여긴 시어머니가 산자고 뿌리를 달여 먹여 낫게 해 주었다는 전설도 있지요. 시어머니 마음이 깃든 사랑초입니다.

산자고는 길고 뾰족한 잎과 덩이뿌리가 무릇을 닮았습니다. 그런 의미에서 무릇에 접두어 '까치'를 붙여, 우리 이름으로 '까치무릇'이라고도 부릅니다. 숲에서 만나면 "까치무릇

이구나!" 한번 불러 보시지요. 참 정감 있고 기억에 오래 남는답니다.

알다가도 잊어버리고, 모르면 왠지 허전한 꽃 이름 부르기입니다. 사람 이름 기억하는 것도 마찬가지이지요. 분명 같은 공간에서 함께 일하고 이야기도 나눈 사이였는데, 오랜만에 만나 이름을 기억 못 하는 경우가 왕왕 있습니다. 그렇다고 물어볼 수도 없고요.

모른다고 피하는 게 문제이지요. 그러다 보면 상황을 계속 어색하게 얼버무리게 됩니다. 서로 궁금한 것을 모면하기에 급급합니다. 그냥 솔직해지면 어떨까요. "미안합니다. 이름이 기억나지 않습니다." 이러면 오히려 서로 더 가까워지지 않을까 생각합니다.

꽃도 사람도 이름을 불러 줄 때, 비로소 꽃이 되고 친구가 되지요. 이름으로 자기를 내보입니다. 숲길에서 꽃을 만나면, 그냥 지나치시지 말고 동행하는 분들과 궁금증을 나눠 보시면 좋겠습니다. 포털 사이트를 열어 검색할 수도 있고요. 인공지능이 이름을 잘 알려 줄 겁니다.

노루발풀_ *Pyrola japonica* Klenze ex Alefeld

노루발풀

이만큼으로 훌륭합니다

숲 안쪽으로 들어가니 뽀얀 은방울을 조롱조롱 달고 있는 풀꽃이 있습니다. 기다란 꽃줄기에 너무 많이 매달려 있어 무거워 보이기도 합니다. 하얀색 잎맥을 가진 잎이 독특합니다. 잎 무늬만으로도 다른 풀과 쉽게 구별할 수 있지요. 잎자루도 길고, 전체적으로 잎 모양이 노루 발굽을 닮았다 해서 노루발풀입니다.

노루발풀은 잎이 시들지 않고 푸른 잎으로 겨울을 납니다. 서양에서는 윈터그린Winter green이라 하지요. 숲 언저리에 자라는 방석식물처럼, 잎을 고르게 펴서 햇볕을 받고

땅기운도 받아들입니다. 숲 바닥에 바짝 붙어 있는 푸른 잎 새를 보니, 진짜 노루가 남긴 발자국처럼 보이기도 합니다. 왜 노루발풀인지 수긍이 가지요.

숲에는 노루발풀처럼 '노루' 이름이 붙은 풀이 여럿 있습니다. 노루의 귀를 닮았다는 노루귀, 노루 엉덩이를 닮았다는 노루삼, 노루 오줌 냄새가 난다는 노루오줌. 우리 조상님들 노루와 참 친했습니다. 노루를 구해 주고 보답으로 선녀를 아내로 맞이했다느니, 재물을 얻었다느니 하는 이야기도 있습니다. 사람이나 노루나 숲이 고향이지요. 대대로 노루와 함께 숲을 안식처 삼아 먹거리를 찾고 위험도 피했습니다. 그렇게 서로 공존하다 보니 만나는 풀에 노루 이름을 많이 붙였나 봅니다.

노루발풀은 소나무 숲에서 많이 볼 수 있습니다. 가 보신 분은 아시겠지만, 일반적으로 소나무 아래에서는 다른 식물이 잘 자라지 못하지요. 소나무가 방출하는 송진과 같은 화학성분이 생장을 방해하기 때문입니다. 이를 전문적으로 타감작용他減作用이라 합니다. 다른 식물의 왕래를 원천 봉쇄하면서 자기 사회를 지키는 것이지요. 그러니 소나무는 독야청

청獨也靑靑입니다.

그런 배타적인 장소에서 노루발풀을 만납니다. 오랜 세
월 차근차근 내성耐性을 키워 영토를 개척했겠지요. 다른 식
물이 꺼리는 소나무 세력권에 터를 잡았으니, 서식지를 놓고
경쟁할 이유가 없습니다.

우리도 살면서 수많은 경쟁에 휘말립니다. 자의든 타의
든 크고 작은 싸움에서 벗어날 수 없습니다. 누구는 승자가
되고 누구는 패자가 됩니다. 누구는 아예 싸울 엄두도 못 내
고 주눅부터 듭니다. 입는 것衣, 먹는 것食, 사는 곳住에 만족
하지 않지요. 돈, 명예, 권력, 심지어 취미 생활까지도 무한
경쟁입니다. 그러니 철학과 가치를 가지고 산다는 게 사치스
럽기까지 합니다.

경쟁을 피해 소나무 숲에 터전을 마련한 노루발풀이 진
정한 승자입니다. 지구 역사에 사람만큼 평생을 극렬히 싸우
면서 살아가는 생명체가 있었을까요?

"이만큼만으로도 훌륭해."

"이만큼 해낸 내가 대단해."

"나는 나로서 충분해."

이렇게 선을 지킬 수는 없는 건지요? 이제 무한 직진 그만하고, 지나온 길도 보아야겠습니다. 그동안 쌓아 오신 시간들이 빛으로 남아 있습니다.

노루발풀_ *Pyrola japonica* Klenze ex Alefeld

윤판나물_ *Disporum uniflorum* Baker

윤판나물

청춘세상 한가운데입니다

한껏 물이 오른 잎새마다 싱그러운 내음이 전해 옵니다. 제법 키가 자란 콩밭도, 바르게 자세 잡은 볏논에도 초록 물결이 넘실댑니다. 숲길에도 풀·나무들 초록 버스킹이 한창입니다. 살아 있어 누리는 은혜의 시간이지요.

꽃밥을 주렁주렁 달고 있는 졸참나무 수꽃이 유난합니다. 곧 터질 것 같습니다. 이를 기다리는 암꽃도 만반의 준비를 하고 있네요. 소나무 꽃가루도 다 익어 송화松花 바람으로 실려 갑니다. 꼭 짝을 만나라고 응원합니다. 사람세상도 청춘세상, 그 한복판에 있습니다.

숲 그늘에서 초록과 노랑 두 가지 색으로 윤기를 뿜내는 꽃님을 만납니다. 땅을 바라보고 굽은 황금빛 꽃 모양이 정갈해 보입니다. 윤판나물입니다.

이렇게 정확히 땅바닥을 향해 피는 꽃이 흔하지는 않습니다. 언뜻 초롱꽃, 매발톱, 땅나리 정도 생각납니다. 초록 잎새를 덮개 삼아 조용히 자태를 내보이는 생김이 겸손한 선비라 할까요. 굳이 말을 하지 않아도, 꼿꼿한 표정만으로도 주변을 평정하는 기운이 느껴집니다.

꽃잎 여섯 장이 뭉쳐 마치 통꽃처럼 보입니다. 다른 꽃처럼 꽃잎이 활짝 펴져 있지 않고 길쭉한 통처럼 오므라져 있습니다. 이 안에 수술 여섯 개와 암술 한 개가 있답니다. 그리고 꿀도 깊숙이 감추어져 있지요. 들어가는 문이 좁고 아래쪽에 있으니, 벌님들이 찾아들려면 아주 많이 수고해야 할 것 같습니다. 그렇게 큰 공을 들여 들락날락하면서 꽃가루를 이 꽃 저 꽃 옮겨 주겠지요.

꽃세상이나 사람세상이나 쉬운 일 없지요. 일하려면 제대로 하라는 주문일까요? 윤판나물이 전하는 메시지가 단호

합니다. 벌님이 꽃 바깥에서 한참 헤매다가 드디어 입구를 발견합니다. 달콤한 꿀을 찾아 일할 테고, 꿀을 얻으니 일한 보람을 만끽할 겁니다. 공짜는 없는 거지요.

간혹 주변에서 이리저리 작은 것을 탐하다가 큰 것을 잃는 사람을 봅니다. 까다로운 일은 주변에 미루고, 쉽고 이득 있는 일에만 천착합니다. 소탐대실小貪大失입니다. 차라리 일하는 즐거움을 발견하고 익숙해지는 게 마음 건강에도 좋겠지요.

꽃가루받이가 끝나니 꽃잎이 한 장 한 장 떨어져 나갑니다. 더는 벌님을 불러들이지 않는 것이지요. 직원들이 과도한 노동을 하지 않도록 하는 고용주의 배려랄까요. 윤판나물이 벌님에게 수고를 전하며 비움을 실행합니다. 꽃세상에서 만나는 아름다운 장면입니다.

윤판나물을 보면서 올해 시작이 한참 지났음을 알아차립니다. 이것저것 다짐해 두었던 일들은 어디쯤 가고 있는지. 처음 생각을 돌아봅니다. 다시 끄집어내 보면서 나아갈 길을 바라봅니다.

지금이 윤기 나는 한낮입니다. 사람세상 여기저기 웃음소리가 가득합니다. 이런 날을 산다는 게 참으로 축복이지요. 좋은 마음으로 좋은 사람들과 꽃세상에서 함께하시길 권합니다.

지금이 가장 전성기입니다. 녹음이 더 짙어지기 전에 숲에 가 보시지요.

노루오줌_ *Astilbe rubra* Hooker & Thomson

쥐오줌풀_ *Valeriana fauriei* Briquet

쥐오줌풀

이름을 걸고 삽니다

쥐오줌풀은 작은 꽃들이 줄기 끝에 산방繖房 꽃차례로 피어 큰 꽃송이를 이루는 마타리과 풀입니다. 연분홍에서 자주색까지 작은 꽃들이 얼룩덜룩 무리를 이루니 금방 눈에 들어옵니다. 풀숲을 모자이크한 듯, 숲길에서 친근하게 만나는 꽃님이지요. 연한 잎은 나물로 먹을 수 있고요. 말려 두었다가 묵나물로 먹어도 좋습니다. 한방에서는 길초吉草라 해서 뿌리를 말려 진정제나 진통제로 사용합니다. 조상님들께서 신경쇠약, 불안, 불면에 약효가 있다고 알려 주셨지요.

쥐오줌풀은 뿌리에서 쥐 오줌 냄새가 난다고 해서 붙여

진 이름입니다. 꽃이 내는 향기보다 뿌리가 내는 지린내가 더 자극적이었나 봅니다. 뿌리에서 노루 오줌 냄새가 난다는 노루오줌도 있지요. 꽃에서 여우 오줌 냄새가 난다는 여우오줌도 있습니다. 오줌이 붙은 풀들은 서운할지 모르겠습니다. 오줌에 연루된 쥐, 노루, 여우 입장도 그렇고요. 초근목피草根木皮로 배고팠던 시절, 우리 조상님들과 동고동락했던 동물들이니 그럴 만합니다.

개똥이, 쇠똥이, 끝봉이, 마당쇠, 삼돌이, 간난이, 언년이, 서운이, 끝내미…. 성姓씨와 이름 석 자가 일부 계층의 권력이었던 시대에 서민 백성들이 가졌던 이름입니다.

그 시절 풀·나무도 예외일 수 없었겠지요. 개미취, 괭이눈, 꿩의다리, 노루발풀, 병아리풀, 여우콩, 애기똥풀, 말오줌때, 쥐똥나무…. 살기 위해 똥오줌도 재활용했으니 귀하게 여겼을 테지요. 그리고 들과 숲에서 만나는 동물 이름을 갖다 붙였을 겁니다. 그렇게 짐작하니 쥐오줌풀, 노루오줌, 여우오줌이 나름 귀한 이름입니다.

우리는 이름으로 너와 나를 구별합니다. 누구나 이름을

가지고 있고, 그 이름을 걸고 살고 있지요. 하지만 사람마다 이름을 갖게 되기까지 우여곡절이 많았습니다. 대다수 백성이 제멋대로 불리거나 이름이 아예 없었지요. 한자식 이름이 도입되었어도 일부 계층이 신분 세습 도구로 독점하였고요. 반상班常의 법도로 무장한 사회였습니다. 그 속에서 기득권 문화를 공유한다는 게 쉽지 않았겠지요. 그럴듯한 성씨와 이름을 얻기 위해 벌어진 수많은 촌극이 우리 민중의 역사에 새겨 있습니다.

풀 한 포기 나무 한 그루에도 다 이름을 붙여 주던 조상님들인데, 막상 자기 이름이 변변치 않았던 거지요. 나라가 어려울 때마다 앞장서신 분들인데…. 조선 말기 혼란기와 일제 강점의 치욕을 딛고 나서야 비로소 모든 사람이 제대로 된 이름을 갖게 되었습니다. 이름의 민주화랄까요. 결국에는 피땀으로 신분제를 타파하고 얻은 혁명이었습니다.

너와 나 차별 없이 소중히 해야겠습니다. 혹시 지금도 성씨와 이름에 얽힌 계급적 유전을 고집하고 있지는 않은지요. 또다시 시대를 망가트리는 환란은 없어야겠습니다. 쥐오줌풀의 이름을 불러 주면서 우리 이름의 가치와 귀중함을 되새깁니다.

99

금낭화_ *Dicentra spectabilis* (Linnaeus) Lemmermann

금낭화

서두르지 않습니다

금낭화는 분홍색 하트 모양 꽃이 일품입니다. 꽃이 비단 주머니를 닮았으니 비단 금錦 주머니 낭囊, 금낭입니다. 워낙 호사스러워 종명種名도 화려함Spectabilis을 뜻하는 라틴어를 차용해 *Dicentra spectabilis*입니다. 서양에서는 이 꽃을 피가 흐르는 심장Bleeding heart에 비유했지요. 숲길 어귀에서 꽃주머니를 주렁주렁 매달고 있는 금낭화를 만납니다. 꽃줄기가 활처럼 휘어져 무게감이 느껴집니다. 눈길을 주지 않을 수 없겠지요. 모양새로 보나 색깔로 보나 꽃 중의 꽃입니다.

금낭꽃을 보면 복주머니가 생각납니다. 옛적 여인들은

한복에 호주머니가 없으니 복주머니를 따로 만들어 허리에 차고 다녔었지요. 실제로 복을 가득 담고 있는 듯 볼륨이 살아 있으니, 동네 총각들 "무엇이 들었을까?" 궁금하기도 했겠습니다.

한편에서는 금낭꽃이 며느리들이 차고 다닌 복주머니와 닮았다고 며느리주머니로 부르자는 의견도 있습니다. 며느리밥풀, 며느리밑씻개, 며느리배꼽… 풀이름에 자꾸 며느리가 들어가서 좀 그렇지요. 그냥 비단주머니로 하면 어떨까요?

금낭꽃을 열어 보면 꽃잎이 넉 장임을 알 수 있습니다. 바깥쪽 분홍색 두 장이 망태 모양으로 주머니를 감싸면서 끝이 구부러져 젖혀 있습니다. 그리고 안쪽에 흰색 두 장이 서로 합쳐져 돌기처럼 끝이 뾰족하게 밖으로 나와 있습니다. 이 돌기 안쪽에 수술이 여섯 개 있고 암술대가 한 개 있습니다. 참 특이한 구조이지요.

꽃 모양 자체가 바깥으로 열려 있지 않고 폐쇄된 형태입니다. 수술 꽃밥과 암술머리가 맞닿아 있으니 자가수분이 빈번하겠지요. 곤충이 드나들지 못하니 타가수분도 어렵습니다. 그러니 근친 수정으로 유전자 조성이 동일한 클론clone

자손을 만들게 됩니다.

　환경에 잘 적응하려면 유전적으로 건강해야 하고, 그러려면 서로 다른 개체끼리 짝을 이뤄 다양성을 키워야 하는데요. 어느 날 환경이 급변했을 때, 금낭화는 지속 가능할까 걱정입니다. 동네 화단에서 대우받고 있는 금낭화를 볼 때마다 드는 궁금증입니다.

　금낭화 열매는 긴 타원형의 꼬투리를 가진 삭과蒴果로, 비단꽃과 달리 모양이 참 궁상스럽습니다. 마치 기와집에서 살다 초가집으로 쫓겨 간 느낌이랄까요. 잘 익은 꼬투리를 툭 건드리면, 껍질 두 장이 대팻밥처럼 말리면서 검정색 씨앗들이 톡톡 튕겨 나갑니다.

　하지 단오 지날 무렵이면, 한 꽃줄기에 꽃과 열매가 같이 붙어 있는 개체를 흔히 볼 수 있습니다. 꽃이 피는 이유, 즉 자손을 남기는 과정을 바로 설명해 주지요. 꽃이 아래부터 위로 차례차례 피어났듯이, 열매도 먼저 꽃이 핀 아래부터 차례차례 달립니다. 세상사 순서가 있듯이 금낭화도 순리를 따라 익어 가는 거지요. 그러니 너무 서두르지 않아도 되겠습니다.

103

모데미풀_ *Megaleranthis saniculifolia* Ohwi

모데미풀

우리 모두 꽃사람입니다

　백두산에서 시작하여 금강, 설악, 태백, 소백, 속리, 덕유를 거쳐 지리산에 이르는 산줄기. 우리 땅의 근골筋骨을 이루는 이 거대한 산줄기를 백두대간이라 하지요. 고산 하늘길을 걷다 보면, 이 대간을 종주하는 젊은이들을 종종 만납니다. 참 대견합니다. 민얼굴에 밝은 미소를 보는 것만으로도 감동입니다. 진한 땀 냄새마저도 향기가 있지요. 그들이 진정한 꽃사람입니다. 세상을 건강하게 만들 주인공들이라 생각합니다.

　소백산 연화봉 대간에서였지요. 그들과 덕담을 나누다 처음 보는 꽃님을 만났습니다. 모데미풀입니다. 활짝 핀 꽃을 만나기가 쉽지 않은 풀입니다. 꽃님들 잔칫날에 꽃사람으로 초대받은 느낌이랄까요. 정말 뿌듯했습니다.

뾰족뾰족 톱니 모양으로 잘게 갈라진 잎 가장자리부터 범상치 않다는 느낌이 듭니다. 녹색 잎 위에 다섯 장 하얀 꽃잎은 꽃받침이 변한 헛꽃, 가화假花이고요. 씨방과 닿는 수술 밑부분에 둥글게 자리 잡은 진한 노란색이 진짜 꽃잎입니다. 꽃받침이 꽃잎 역할을 하면서 진짜 꽃잎이 자연스레 퇴화한 사례입니다.

모데미풀은 분류학적으로 1속 1종인 희귀 식물로, 우리나라에서만 자생하는 한반도 깃대종입니다. 꽃 모양이 너도바람꽃과 비슷해 너도바람꽃 속명 에란티스Eranthis를 가져오고, 크다megas는 뜻을 합쳐 속명 메갈러란티스Megaleranthis가 만들어졌습니다. 그래서 종명이 *Megaleranthis saniculifolia*입니다.

안타까운 것은 모데미풀을 국제식물학계에 처음 발표한 연구자가 일본 사람 오이Ohwi라는 점입니다. 그래서 학명에 명명자命名者로 오이가 늘 따라다닙니다. 일제강점기 이전,

근대 식물학 공부는 엄두도 못 냈었지요. 우리 식물에 국제식물명명규약에 맞는 학명을 붙이는 연구도 만무했습니다.

그 틈에 오이, 나까이, 하라, 다까다 같은 일본인들이 주인 없는 곳간을 헤집듯 우리 땅 풀·나무들을 휩쓸고 다녔습니다. 그들에게 보물 창고였지요. 우리 토종식물에 자기 이름을 붙여 학계에 신종으로 발표했고요. 한번 인용된 학명은 고쳐지지 않으니 통탄할 노릇입니다. 금강초롱, 섬기린초, 인동초, 미선나무…. 그렇게 넘어간 식물이 부지기수입니다.

모데미풀도 오이가 지리산 기슭 운봉마을에서 처음 발견했다 하여 붙인 이름이랍니다. 그런데 이 '모데미'라는 명칭도 출처 불분명입니다. 일본식 발음이라고도 하고요. 학명은 어찌할 수 없다 해도 우리가 부르는 이름만이라도 고민해 보면 좋겠습니다. 운봉마을에서는 '운봉금매화'로도 부른다고 하니 검토해 볼 일입니다.

우리 식물 이름에도 일제 강점 생채기가 버젓이 각인되어 있음을 알았습니다. 역사를 잊은 민족에게 내일은 없다고 하지요. 모데미풀이 깊이 생각하고 깨우치라 일깨워 줍니다. 아픈 역사를 반복하는 일은 더 이상 없어야겠습니다.

피나물_ *Hylomecon vernalis* Maximowicz

피나물

바르고 선량합니다

고산 숲 그늘에서 피나물 영토를 만납니다. 초록 잎새를 배경으로 노란 꽃님 세상입니다. 어찌나 반가운지 셔터를 누르는 검지 끝이 설레네요. 조심조심 사잇길로 자리를 잡으니, 번잡한 생각들이 다 떨쳐 나갑니다. 지금, 이 순간 이곳은 천상의 샹그릴라Shangri la! 내가 제일 행복한 사람입니다. 이곳이라면 누구라도 그러할 겁니다.

피나물은 잎이 깃꼴겹잎이고 꽃잎은 넉 장입니다. 수목원 꽃밭이나 가정집 돌담 아래에서 보는 동의나물을 닮았지요. 동의나물은 잎이 둥글고 꽃잎이 다섯 장이니 구별하실 수 있을 겁니다. 친척 관계도 다르지요. 동의나물은 미나리아재비과이고, 피나물은 양귀비과입니다.

속세를 피避해 고산 숲속에 자리를 잡은 피나물입니다. 세상사 초연하고픈 심사였을까요? 신둥허리 비달면에서 세월을 지키는 지조가 대단합니다.

양귀비과 식물은 모르핀, 코데인 같은 알칼로이드 유액을 내는 것이 특징입니다. 양귀비 *Papaver somniferum* Linnaeus의 덜 익은 열매에서 유액을 짜내 말린 가루가 바로 아편阿片이지요. 피나물도 줄기를 자르면 붉은색 핏빛 즙이 스며 나옵니다. 피血가 나오니 피나물입니다.

우리가 사는 동네에서 흔히 볼 수 있는 양귀비과 식물로 애기똥풀이 있습니다. 줄기를 꺾어 보면 애기똥 같은 노란 즙이 나오지요. 그래서 애기똥풀입니다. 노란 즙이 나오면 애기똥풀, 빨간 즙이 나오면 피나물로 기억하면 좋겠습니다. 그렇다고 막 꺾지는 마시고요.

숲속 풀에 피나물이 있다면 나무에도 피나무가 있습니

다. 물론 피나무의 피는 붉은색 피가 아니라 나무껍질 피皮입니다. 피나무는 껍질이 질깁니다. 길게 벗겨 내어 짐을 묶는 끈으로 요긴했지요. 나무껍질이 생활에 쓰임새가 있어 피나무로 불린 것입니다.

피나물의 '피'든 피나무의 '피'든 우리 조상님들 삶의 이야기이기에 정감이 있습니다. '피'라는 글자 한 개로 들풀과 나무, 그리고 사람이 자연에서 함께 만나는 셈이지요. 숲에서 만나면 모든 게 소중한 인연이 됩니다.

올해도 어김없이 피나물이 사람세상을 내려다봅니다. 실없이 내어 주지는 않습니다. 진심을 다한 만큼, 일한 만큼 가져가는 사람만 올라와 보고 가랍니다. 가진 것도 나눌 줄 아는 사람만 오랍니다. 스스로 소임을 다하고 주변을 소중히 하는 사람만 오랍니다. 당연한 처세인데, 누군가에게는 참 어려운 일이기도 합니다. 내가 그 누군가에 해당하지는 않는지 두렵습니다.

세상사 균형 잡고 살기가 쉽지만은 않겠지만, 너무 피하지는 말아야지요. 때론 적극적인 관심과 표현도 중요합니다.

정통하게 사는 사람이 존중받는 세상! 그런 사람들과 긍정의 힘으로 함께하는 세상! 우리가 뜻을 같이한다면 분명 그런 세상 열리겠지요. 꽃세상이 해 온 것처럼 우리도 할 수 있습니다. 피나물 화원에서 "사람은 누구나 정직하고 선량하다." 믿고 싶습니다.

애기똥풀_ *Chelidonium majus* var. *asiaticum* (Hara) Ohwi

연영초_ *Trillium kamtschaticum* Pallas ex Pursh

연영초

내려놓고 넓게 봅니다

우리 숲에서 커다란 잎을 가진 꽃으로 으뜸인 풀이 있습니다. 백합과 연영초입니다. 잎자루가 없는 잎 석 장이 꽃 바로 아래에 돌려나 있고요. 꽃잎 석 장, 꽃받침 석 장, 세 쪽으로 갈라진 암술머리, 그리고 수술 여섯 개로 궁늅을 이룬 씨방이 조화롭습니다. 연영초와 사촌뻘인 큰연영초도 있습니다. 잎이 더 크고 씨방이 흑갈색을 띠는 게 다른 점입니다.

꽃잎, 꽃받침, 잎이 각각 석 장씩인지라 뭔가 사연이 있을 법하지요. 마치 숫자 3으로 동맹을 맺은 듯합니다. 학명에도 이 숫자가 반영되어 있습니다. 처음 발견한 생물종에 학명을 붙일 때, 보통은 외부로 보이는 형태적 특징에 주목하지요. 바로 숫자 3을 뜻하는 트리Tri를 백합Liliun에 붙여 속명 트릴리움Trillium이 지어졌습니다.

늘일 연延, 나이 영齡, 풀 초草. 뜻풀이 그대로 수명을 늘려 준다는 풀입니다. 한자명을 빌려 와 우리 이름으로 삼은 것이지요. '왕삿갓나물', '큰꽃삿갓풀'이라는 순 우리 이름도 있으니 잃지 말아야겠습니다. 초록 벨벳 위에서 미소를 짓는 백옥 피부 미인이랄까요. 보면 볼수록 도도한 고산 하늘길 숲꽃입니다.

불로장생不老長生을 이루어 준다는 풀이 불로초不老草이지요. 혹시 이 세상 어딘가에 그런 풀이 있다고 생각하시는지요. 연영초를 먹으면 정말로 오래 살까요? 그냥 우문愚問을 던져 봅니다. 대부분 백합과 식물이 그렇듯이, 연영초도 독성이 강하니 함부로 먹으면 안 되겠습니다. 한방에서는 말린 연영초 뿌리줄기를 우아칠芋兒七이라 하여 통증을 다스리는 데 쓰고 있습니다. 물론 수명이 늘어나는 것은 아니겠지요.

연영초 꽃을 볼 때마다 한 살씩 젊어진다는 이야기도 있

116

습니다. 높은 산에 올라 만나는 꽃이니, 산에 오르는 자체만으로도 이미 건강해진다는 해학이겠지요. 웬만큼 나이 먹은 사람들에게 새해 소망이나 바람을 물어보면, 대부분 건강을 말합니다.

우리나라 평균수명이 조선시대에는 마흔 살도 안 되었답니다. 지금은 남녀 모두 팔십을 훌쩍 넘어섰으니 기적 같은 일이 아닐 수 없습니다. 의학 발전과 더불어 이를 지원하는 의료 정책과 시스템 덕분이겠지요. 이제는 단순히 오래 사는 개념을 넘어, 건강하고 즐겁게 오래 사는 방도를 찾아야 할 때입니다. 규칙적으로 운동하고 버킷리스트도 만들어 스스로를 기쁘게 하는 일도 해 보아야지요.

오래 사는 것만큼 잘 마무리하는 것도 고민해야겠습니다. 웰다잉Well dying입니다. 태어나 배우는 데 삼십 년, 돈 벌고 가정 일구는 데 삼십 년, 그러다 보니 환갑이 넘었습니다. 이제 남은 삶을 병원살이로 마친다면, 너무 허망하지요. 대책 없는 연명치료도 딜레마입니다. 가까운 사람들 돌아보고 미리 의료의향서도 써 보면 어떨까요? 막상 닥쳐서 당황하지 말고 내려놓는 연습도 해 보아야겠습니다.

큰앵초_ *Primula jesoana* Miquel

큰앵초

지금, 이 순간이 꽃입니다

큰앵초는 숲속에 습기 많은 응달에서 만날 수 있습니다. 마을 주변에 흔히 있는 앵초와 꽃 모양이 비슷하지요. 잎이 손바닥 모양으로 크고 가장자리에 뾰족한 거치鋸齒가 있어 쉽게 구별할 수 있습니다. 우리가 쌈으로 많이 먹는 곰취와 닮았습니다.

앵초 속명 프리뮬라Primula는 '가장 먼저 피는 꽃'을 의미합니다. 서양 사람들이 앵초를 봄의 전령사로 삼은 것이죠. 우리 숲을 볼까요. 얼음새꽃, 봄까치꽃, 봄맞이꽃, 노루귀, 바람꽃…. 내로라하는 꽃님들이 앵초보다 앞서 봄을 마중한답니다.

앵초는 앵두나무 앵櫻과 풀 초草가 합쳐진 이름입니다. 꽃이 앵두꽃과 비슷하다 하여 붙여진 중국식 이름으로 여겨집니다. 일본에서는 앵초꽃이 벚꽃과 닮은 것으로 둔갑합니다. 자기들 한자로 桜草라 쓰고 사쿠라소サクラソウ라 읽습니다. 실은 앵두꽃을 닮은 것도 아니고 벚꽃을 닮은 것도 아닌데, 앵초라는 이름이 애매합니다. 한자 문화권에서 가져온 이름이니 거부하기 어렵습니다. 분명한 것은 우리 숲에 자생하는 우리 꽃이라는 것입니다.

앵초꽃을 잘 들여다보면 암술대와 수술대의 높낮이가 다릅니다. 암술대가 수술대보다 높이 나와 있는 꽃을 장주화 長柱花라 합니다. 수술대보다 아래에 있는 꽃을 단주화短柱花라 하고요. 꽃잎 다섯 장으로 이루어진 화관花冠 구멍에 암술이 먼저 보이면 장주화이고, 수술이 먼저 보이면 단주화입니다. 참 특이하지요. 왜 이런 형태를 갖추게 되었을까요?

여기에도 꽃식물들이 수억 년 동안 고민해서 만든 자손 번식 솔루션이 담겨 있습니다. 바로 근친 수정이 일어나지 않도록, 같은 꽃 안에서 암술과 수술의 길이를 달리한 것입니다. 긴 수술대 꽃가루는 이웃하는 긴 암술대를 가진 꽃으로 날라져 수정되고, 짧은 수술대 꽃가루는 짧은 암술대를 가진 꽃을 만나 수정합니다. 설령 동일 개체 꽃 안에서 꽃가루받이가 일어나도 수정은 이루어지지 않습니다. 이를 전문용어로 자가불화합성自家不和合性이라 합니다. 다른 개체끼리의 교잡만 허용하는 거지요.

풀·나무는 자기가 씨앗을 틔운 자리에서 평생을 삽니다. 그것이 그들의 숙명宿命이지요. 그렇다고 멈춰 있는 것이 아닙니다. 엄청 많은 생각과 방도를 마련하며 스스로 운명運命을 개척해 왔고, 앞으로도 그리할 것입니다. 그리했기에 지금 유전적으로 건강하게 살고 있고, 그들의 자손들 또한 번창할 것입니다.

호모사피엔스의 삶도 다를 바 없습니다. 날 때부터 타고나 정해진 게 숙명이라면, 살아가면서 헤쳐 가는 게 운명이겠지요. 누구나 숙명을 운명으로 극복해 가면서 내일을 바라봅니다. 그러니 출발점이 열악했다고 너무 주눅 들지는 말아야겠습니다. 지금 최선을 다하고 있으니 우리가 가는 길은 분명 꽃길일 겁니다.

둥글레_ *Polygonatum odoratum* var. *pluriflorum* (Miquel) Ohwi

애기나리_ *Disporum smilacinum* A. Gray

둥글레

그래서 둥글레입니다

둥글레는 외떡잎 백합과 식물로, 잎이 대나무 잎처럼 평행맥이고 줄기에 어긋나기로 붙어 있습니다. 꽃은 연둣빛을 띤 하얀색 종 모양이고요. 잎 사이로 한 개나 두 개씩 달립니다. 열매는 여름에 녹색을 띠다가 가을에 들어 검게 익습니다.

숲을 걷다 보면 길옆에 무성하게 자란 애기나리 무리도 볼 수 있습니다. 외형이 비슷해 둥글레로 싸잡아 부르곤 하는데, 같은 백합과이지만 실은 서로 다른 종이랍니다. 둥글레보다 키도 작고 잎도 작고 꽃이 갈래꽃입니다. 이번 참에 한번 자세히 살펴보시지요.

둥글레는 뿌리줄기를 말려 차로 달여 마시는 것으로 친숙하지요. 콜레스테롤과 당을 낮추어 심혈관 질환 예방에 특효가 있다고 합니다. 그뿐이던가요. 해독작용과 신진대사 촉진, 노화 방지 등 가히 만병통치약으로 널리 알려져 있습니다. 그래서인지 숲길 양지마다 뿌리를 캐 간 흔적을 발견합니다. 이러다가 숲에서 사라질까 걱정입니다. 지금은 농장에서 재배도 많이 하니, 숲속 둥글레는 그냥 바라만 보아주면 좋겠습니다.

둥글레 뿌리는 주린 배를 채우는 구황식량으로도 요긴했습니다. 텔레비전에서 잘게 썬 둥글레 뿌리를 쌀에 얹어 솥 밥 짓는 장면이 나옵니다. 둥글레밥이지요. 제법 구수한 맛이 감도는 게 군침이 돕니다. 완전 건강 밥상입니다. 보릿고개 시절에 어쩔 수 없이 먹었던 음식들이 지금은 건강식으로 주목받고 있지요.

고혈압, 당뇨, 고지혈, 동맥경화…. 각종 심혈관 질환으로 사회적 비용지출이 많이 늘어나고 있는 시대입니다. 병원마다 환자가 넘쳐납니다. 너무 많이 먹어서, 조미료에 취해서 생긴 부작용들이지요. 그러니 평범하지만, 몸과 마음이 건강한 숲 애호가들이야말로 진정한 애국자입니다.

둥글레는 볕이 잘 드는 숲을 좋아하고 어른 무릎 정도까지 크게 자랍니다. 숲길을 걷다 보면 산정 높은 곳까지 올라와 자리 잡은 묘지를 심심치 않게 만납니다. 어떻게 여기까지 모셔 왔을까 궁금하기도 합니다. 신기한 것은 바로 이런 묘 옆에서 둥글레가 잘 자란다는 것입니다. 대부분 묘가 양지바른 쪽에 있으니 둥글레에 좋은 터전이겠지요. 혹시나 먼저 가신 분들이 밤새워 꽃을 피워 낸 건 아닌지요. 한참을 바라보니, "모나지 말고, 둥글게 살아가렴." 하는 메시지가 전해 옵니다.

오늘 산행길에도 둥글레 무리가 한들한들 사람을 반깁니다. 굽어져 자라는 생김새가 "아, 그래서 둥글레구나." 하고 수긍하게 만듭니다. 연초록 잎사귀 겨드랑이 사이로 주렁주렁 늘어선 꽃들이 볼수록 앙증스럽네요. 우리 전통악기 편종編鐘이 연상되기도 합니다.

도미솔 파라도 솔시레. 이들이 들려주는 밝은 장조에 나그네 발걸음도 리듬을 탑니다. 이 순간, 이 행성에 존재하고 있는 것만으로도 엄청난 기적이지요. 꽃이나 사람이나 둥글게 한세상 잘 살다 가면 좋겠습니다.

뱀무_ *Geum japonicum* Thunberg

뱀무

존재 이유가 있습니다

숲길 양옆 가장자리에 터를 잡은 풀들도 키가 커지고 초록이 더욱더 짙어졌습니다. 그곳은 무당벌레, 거위벌레, 노린재, 초원하늘소…. 수많은 곤충의 보금자리이지요. 달팽이, 청개구리, 지렁이가 세상 구경하는 장소이기도 합니다. 그곳은 왠지 뱀 한 마리 똬리를 틀고 먹이를 노리고 있을 듯, 음산하기까지 합니다. 행여 마주칠세라 잘 다져진 가운데 길로만 조심스레 걸음을 옮깁니다.

이렇게 습하고 우거진 풀숲 가에 노란색 꽃잎으로 경계를 알리는 꽃님이 있습니다. 뱀무입니다. 뱀이 다니는 풀숲에서 잘 자라고, 잎이 무 이파리를 닮았다고 해서 붙여진 이름입니다. 그럴듯하지요. 다가가 카메라에 담고 싶은데, 근처에서 뱀이 혀를 날름거리며 노려보고 있는 것 같아 망설여집니다. 실제로 그런 경험이 있거든요. 잠시 머리카락이 쭈뼛, 소름이 스쳐 갑니다. 소심하게 줌zoom으로 당겨 앵글에 담아 봅니다.

뱀무는 꽃잎이 다섯 장인 장미과 풀입니다. 꽃 속에 암술 모양이 특이하지요. 여러 개의 암술이 둥근 돔dome 모양으로 뭉쳐 있고 색깔도 초록색을 띱니다. 노랑 꽃밥을 가진 수술이 암술 뭉치 둘레를 감싸고 있고요. 우거진 수풀에 섞여 있어도 노란 꽃이 금방 눈에 띕니다.

꽃색을 결정하는 색소로 빨간색이 강한 안토시아닌과 노란색이 강한 카로티노이드가 있습니다. 뱀무 꽃잎은 카로티노이드 색소를 많이 가지고 있겠지요. 여름철 풀과 나무가 우거진 숲에서 만나는 꽃은 대부분 흰색이나 노란색입니다. 곤충에게 잘 보이도록 밝은색으로 진화를 한 거지요.

숲길에서 이리 밟히고 저리 밟히며 홀대받는 풀들이 많습니다. 사람들이 크게 관심 두지도 않고, 그냥 잡초雜草로

128

몰아 버립니다. 그렇게 관심 밖에 있던 풀들이 어느 날 갑자기 매스컴에 요란합니다. 병을 고치고 건강에 이롭다는 소문이 자자합니다. 개똥쑥이 그렇고, 비단풀이 그렇습니다.

뱀무도 비만이나 동맥경화 예방에 탁월한 물질이 있다고 발표된 적이 있습니다. 돌이켜 보면 사람들에게 잡초라 불리며 도매금으로 설움받던 풀들이었지요. 많이 서운했겠습니다. 누구나 가능성은 있습니다. 함부로 대하지 말고 이름도 제대로 불러 주어야겠습니다.

밥벌이 생활을 하다 보면 지나치게 반말을 일삼으며 은근히 갑질하는 사람을 만나곤 합니다. 버젓이 있는 이름 대신에 저속한 대명사로, 심지어 불쾌한 별명으로 부르기도 합니다. 자기가 얼마나 모자라는지 가늠을 못 하는 사람입니다. 분명 큰일 당할 겁니다.

그렇다고 똑같이 천박해지지는 말아야겠습니다. 자기에게 관대하다가는 공범이 될 수도 있습니다. 맥락 없이 고인 물속에 엉켜 악취를 풍기는 일은 없어야지요. 그럴수록 더욱 더 내 역할에 충실하면서 내 공간으로부터 그런 개념 상실자들을 밀어내야겠습니다. 도도하게! 정통하게!

129

비채…
비우고 채웁니다

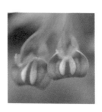

비움이 있으면 채움이 있고,
채움이 있으면 비움이 있겠지요.

비우는 것이 곧
채우는 것임을 깨닫습니다.

우리는 충분히 행복해야 합니다.

꽃며느리밥풀_ *Melampyrum roseum* Maximowicz

꽃며느리밥풀

살면서 사랑합니다

꽃님은 여름에도 멈추지 않습니다. 으아리, 장구채, 미나리아재비, 짚신나물…. 뙤약볕 아래든 어둑한 비탈 숲이든 장소를 가리지 않습니다. 하양·노랑으로 밝게 치장했으니 곤충들도 잘 알아볼 수 있습니다. 하늘이 열리고 구름·바람 오가는 고산준령에도 형형색색 꽃님이 한창입니다. 원추리, 모싯대, 말나리, 동자꽃, 꼬리풀, 송이풀, 범꼬리, 박새…. 빨주노초파남보, 사람이 볼 수 있는 온갖 색이 다 있습니다.

숲길에서 분홍색 꽃잎에 하얀색 반점 두 개를 가진 꽃님을 만납니다. 마치 밥알 두 개가 얹혀 있는 듯합니다. 이 숲꽃에는 슬픈 사연이 담겨 있답니다. 옛적 먹거리가 부족했던 시절, 고된 시집살이를 하던 새댁이 밥을 짓다 뜸 들었는지 보려고 밥알 몇 개를 입에 물었답니다. 때마침 들어온 시어머니가 이를 보고, 어른 밥도 부족한데 밥을 축냈다며 며느리를 구박했답니다. 그렇게 설움받다 죽은 며느리 무덤가에 하얀 밥알 두 개를 머금은 꽃이 피어났고요. 그래서 꽃며느리밥풀입니다.

며느리밥풀, 며느리밑씻개, 며느리배꼽. 며느리 이름을 가진 꽃마다 하나같이 시어머니가 등장합니다. 며느리밑씻개는 잎과 줄기에 잔가시가 촘촘히 나 있습니다. 긁히기만 해도 쓰라리지요. 시어머니가 며느리에게 이 풀로 밑을 닦으라고 했답니다. 설마 그 정도로 온정이 없었을 리가요. 정말로 그렇게 하대하지는 않았겠지요. 며느리배꼽도 잎과 줄기에 잔가시가 있습니다. 오목한 접시 모양의 턱잎 안에 생기는 열매가 사람 배꼽을 닮았지요. 어쨌든 배꼽에 굳이 며느리를 불러와 이름 붙였습니다.

시어머니와 며느리 간의 불화, 고부갈등姑婦葛藤이라 하지요. 왜 그런 이슈가 생겼는지, 어디서부터 왜곡된 건지, 그리고 어떻게 바로잡아야 하는지 모르겠습니다. 우리 어머니들, 암탉이 울면 집안이 망한다는 가부장적 슬로건에 세뇌당했었지요. 목소리 한 번 제대로 내지 못한 시절이 있었습니다. 남존여비男尊女卑, 남수여종男帥女從, 삼종지도三從之道, 여필종부女必從夫를 숙명으로 알고 살았지요. 참고 참고, 또 참았습니다. 유독 우리나라 어머니들이 많이 걸렸다는 화병火病, 다 이유가 있지요. 그 스트레스를 주고받을 대상이 며느리밖에 없었을까요.

"개인의 존엄과 인권의 존중을 바탕으로 성차별적 의식과 관행을 없애고, 여성과 남성이 동등한 참여와 대우를 받고 모든 영역에서 평등한 책임과 권리를 공유함"

양성평등기본법이 지향하는 이념입니다. 우리가 법까지 만들어 가며 화병을 다스리고 있는 거지요. 아직도 고부갈등으로 고민하는 분이 있으신지요. 그런 집은 아들내미에게도 문제가 있을 겁니다. 혹시 말로는 정의가 어떠니 철학이 어떠니 하면서, 자기 안으로는 가부장적 고집에 갇혀 살고 있지 않은지요? 스스로를 돌아보는 시간을 가져 보셨으면 합니다.

까치수영_ *Lysimachia barystachys* Bunge

까치수영

지혜가 필요합니다

까치 까치 설날은 어저께고요

우리 우리 설날은 오늘이래요

디지털 네이티브Digital native들에게는 생소하겠지만, 옛적 어린이들이 설을 맞아 부르던 노래입니다. 까치가 울면 반가운 손님이 온다고 하지요. 설날 전날 모처럼 반가운 손님이 많이 오니, 설렘을 앞세워 까치설날이라 했습니다. 그 시절 설날은 새 옷이 생기는 날, 고깃국 먹는 날, 가족이 만나는 날이었지요. 잘살았든 못살았든 그런대로 격식을 갖추고 정을 나누었습니다. 그 기다림을 까치와 나누며 미리 설을 맞이했습니다.

까치 이름은 숲에 사는 풀에서도 등장합니다. 앵초과 까치수영입니다. 까치를 접두어로 붙여 수영 *Rumex acetosa Linnaeus*이라는 다른 풀과 구별한 것이지요. 굽은 줄기 끝에 작은 꽃들이 다닥다닥 달려 있어 쉽게 알아볼 수 있습니다. 이 생김새가 꼬리를 닮아 꽃꼬리풀, 개꼬리풀로 부르기도 합니다. 이런 꽃차례를 전문용어로 총상화서總狀花序라 하지요. 꽃이 아래부터 차례차례 피고 지기 때문에 여름철 내내 볼 수 있는 꽃이랍니다.

이렇게 작은 꽃들이 모여서 피는 이유는 무엇일까요? 작은 꽃으로는 눈에 띄지 않으니 곤충을 유혹하기에는 한계가 있을 겁니다. 그러니 함께 모여 크고 화려하게 보이고자 했겠지요.

또 한꺼번에 피지 않고 차례차례 피는 이유는 무엇일까요? 꽃을 동시에 활짝 피우면, 태풍이나 장마가 왔을 때 한꺼번에 모두 잃는 참사가 있을 수 있겠지요. 이를 방지하고자 꽃 피는 시기를 달리했습니다. 물론, 하루아침에 터득한 전략은 아닐 겁니다. 시행착오도 많이 하고 변화에 적극적으로 대처했기에 가능했습니다. 사람이 하는 일도 똑같습니다.

140

본래 수영은 마디풀과 소리쟁이속 풀입니다. 들녘에서 많이 볼 수 있지요. 가을이 되면 줄기 끝에 붉고 녹색을 띠는 둥글납작한 열매가 무수히 달립니다. 이 모양새가 잘 여문 곡식의 이삭, 즉 수영秀穎처럼 보여 붙여진 이름입니다. 잎을 씹으면 새콤달콤한 맛이 납니다. 어릴 적 간식이었지요. 신맛을 내는 풀로 싱아 *Aconogonon alpinum* (All.) Schkuhr가 익숙하시지요. 맛이 비슷한 수영을 '개싱아'라고도 불렀습니다. 그 시절 외양간 왕눈이 소에게도 한 망태기씩 베어다 주곤 했습니다.

까치수영 어린잎도 먹거리였습니다. 그 시절에는 수영이든 까치수영이든 다 싱아였습니다. 동네 뒷산과 들녘을 내달리며 천연 비타민C를 섭취했고, 그렇게 면역력도 키웠습니다. 지금 아이들은 그 맛을 마트에서 만나지요. 자연의 맛이 어땠을지 짐작할 수 있을까요.

이 집 저 집 왕자님·공주님 애지중지하느라 손이 많이 가는 시대입니다. 그 귀한 아이들이 스마트폰과 디지털 게임에 너무 몰입해 있어 걱정입니다. 틈날 때마다 아이들과 함께 숲으로 가 보시는 건 어떨까요? 자연에서 진짜 공부를 해 보는 겁니다. 어른들의 지혜가 더욱 필요한 시대입니다.

동자꽃_ *Lychnis cognata* Maximowicz

동자꽃

설움도 나누니 작아집니다

내린천 맑은 물소리 거슬러 점봉산을 굽이굽이 오릅니다. 이른 아침 안개 가득한 숲길이 자연 그대로 수분 보습길입니다. 억만년 세월 지켜 왔을 속새 관중 무리와 인사하며 내가 사는 찰나刹那의 시간을 내려놓습니다. 이런저런 생각도 다 떨치고 나로서 나를 오롯이 만납니다.

곰배령 마루에 이르니 주황빛 발그레한 꽃송이들이 한창입니다. 마치 기다렸다는 듯이 "어서 오세요. 드디어 오셨군요." 다섯 갈래 꽃잎이 환한 미소로 나그네를 반깁니다. 우리 숲 여름 지킴이 동자꽃입니다. 이들이 만드는 꽃바람·꽃

내음에 아니 취할 사람이 없습니다.

동자꽃은 줄기에 잎이 맞닿는 부위마다 대나무처럼 마디가 있습니다. 이런 부류를 석죽과石竹科 풀이라 합니다. 꽃잎이 비단결처럼 곱고 보드라운 게 특징입니다. 표면에 미세한 털들이 많이 있기 때문이지요. 이 털들이 수분을 머금고 있어 꽃잎이 탄력을 유지합니다. 뙤약볕에도 꽃잎이 시들지 않고 활짝 피어 있는 이유이지요.

동자꽃, 이름부터 예사롭지 않습니다. 옛날 깊은 산중 암자에 노스님과 동자승이 살고 있었답니다. 초겨울 스님이 산 아랫마을로 시주를 얻으러 갔는데, 폭설로 돌아갈 수 없었답니다. 이듬해 봄이 되어서야 암자로 돌아오셨지요. 그동안 동자승은 추위와 배고픔에 얼어 죽고 말았습니다. 스님이 양지바른 곳에 동자승을 묻어 주었지요. 그 자리에서 꽃이 피었는데, 동자의 발그스레한 얼굴을 닮았답니다. 그래서 동자꽃입니다.

꽃 이름 유래를 찾다 보면, 누군가 안타깝게 죽은 자리에서 피었다는 사연을 접합니다. 불쟁이네 딸내미가 쑥을 캐러 다니다 죽은 자리에서 피었다는 쑥부쟁이가 그렇습니다. 시어머니에게 구박받다 세상 떠난 며느리 한이 서린 꽃며느리밥풀꽃도 있지요. 친정어머니 무덤가에 핀 할미꽃 이야기도 뭉클합니다.

그렇게 죽음은 끝이 아닌 시작으로 되살아나고 가여운 이웃들이 꽃으로 환생했습니다. 죽음을 종말로 받아들이고 싶지 않은 절절함이 꽃들에 새겨진 것이지요. 동자승이나 불쟁이 딸이나 고달픈 며느리나 어찌 남의 일이었겠습니까. 다같이 힘든 시절, 그렇게라도 설움을 나누니 살아진 게지요.

살다 보면 이번 생에 버거운 사연들이 다음 생에 어때야지 하면서 스스로 위로합니다. 죽은 자의 넋으로 피어나는 꽃들과 다름없으니, 시공을 초월하는 영원한 존재가 되곤 합니다. 윤회輪廻에 기댄 새로운 탄생이랄까요. 사람만이 가능한 상상이고, 그렇게 지난한 시간을 헤쳐 나갑니다.

이번 생은 망했다고, 그렇게 좌절하지는 맙시다. 이 또한 지나가겠지요. 아닌 척하면서도 누구나 그렇게 의탁하곤 합니다. 괜찮습니다. 그게 사람세상입니다. 생각이 깊어지고 짐이 무거워질 때마다 동자꽃의 환한 미소를 떠올리며 숨을 가다듬습니다.

일월비비추_ *Hosta capitata* (Koidzumi) Nakai

146

일월비비추

내 삶의 무게입니다

사람들이 밀폐된 공간에서의 만남을 삼가고 있습니다. 마스크가 필수 액세서리가 됐고요. 코로나 바이러스가 만든 세상이지요. 호모 사피엔스가 코로나 사피엔스로 대체되고, 언컨택트uncontact 문화가 생겨났습니다. 덕분에 산을 찾는 사람도 많아졌고요. 젊은이들도 많이 보이네요. 등산 초보, 등린이라는 신조어도 생겼습니다. 산에 오를 땐 그냥 땅만 보지 마시고요. 주변에 풀 나무와 인사하고, 숲새 노래 바람 소리에도 귀 기울이면 좋겠습니다.

숲 초입에 개미취, 맥문동, 꽃무릇…. 잘 가꾸어진 꽃밭이 산객을 반깁니다. 비비추도 빈터를 꾸미는 데 등장하는 단골손님이지요. 연한 자주색 꽃이 꽃줄기 아래부터 위로 길게 늘어져 피어 있습니다. 차례차례 간격을 두고 서로 간섭하지 않으니, 세상사 질서도 그렇게 잘 지켜지면 좋겠습니다.

전염병에 기상 이변에 여러모로 힘든 시기입니다. 자연과 사람의 관계, 그리고 질서를 무시한 결과이지요. 지금 시대를 인류세人類世라고까지 합니다. 사람이 자연을 간섭하고 왜곡하는, 46억 년 지질시대 초유의 파괴 시대입니다. 관계 회복이 절실합니다.

비비추는 잎이 살짝 꼬여서 '비비', 어린잎을 취나물처럼 먹을 수 있어 '취'에서 '추'로 변한 것입니다. 어린잎을 먹을 때 잎을 비벼서 먹어 이름 지어졌다는 주장도 있고요. 세계적으로 원예품종이 수십여 종 이상 된다고 할 정도이니, 관상용으로 인기가 있음을 실감합니다. 비비추 옆에 옥잠화 꽃밭도 보입니다. 관심을 가지니 비비추와 옥잠화를 구별할 수 있게 되더군요. 잎자루가 길고 꽃이 하얀색이면 옥잠화입니다. 그냥 지나치지 마시고 이름 한번 불러 주시지요.

백두대간 하늘길에 오르면 또 다른 비비추를 만나실 수 있습니다. 보라색 비단옷을 잘 차려입은 일월비비추입니다. 꽃 안쪽에 보라색 진한 라인이 뚜렷하지요. 곤충들이 착륙하는 활주로입니다. 일월산에서 처음 발견되어 지어진 이름이라는데, 꽃이 한 달 동안 핀다고 해서 '일월'이 붙여졌다고도 합니다. 꽃봉오리가 뭉쳐 있고 꽃이 모여서 피는 특징으로 비비추와 구별합니다. 꽃 무게를 지탱하는 꽃줄기가 대건하지요. 우리 삶이 감당하는 무게와 다를 게 없습니다.

비비추는 '하늘이 내린 인연', '좋은 소식'이라는 꽃말을 가지고 있습니다. 인연이 찾아오면 좋은 소식이 오는 것이겠지요. 그런데 나이가 들수록 누군가를 만나고 헤어지는 게 두려워집니다. 간섭하지도 간섭받지도 않으면서, 그냥 나는 나로서 살고자 하는 욕망이 커지는 모양입니다.

누구나 남 일에는 관대하지요. 하지만 막상 자기 일이 되면 생각이 좁아집니다. 상처를 주고받는 이유입니다. 그걸 알면서도 깨우치기가 쉽지 않습니다. 나로 인해 힘들어하는 사람이 있는지 돌아봅니다.

149

물레나물_ *Hypericum ascyron* Linnaeus

물레나물

세월이 세상을 굽어봅니다

덕유산 설천봉 기슭에 소나기가 요란하게 지나갑니다. 뒤따라온 햇살 아래 노란 꽃잎, 빨간 꽃술로 치장한 꽃님이 유난하네요. 색이 어찌나 고운지 비단 한복 차려입은 어머니를 닮았습니다. 물레나물입니다. 자세히 보니 꽃잎 다섯 장이 한쪽으로 휘어져 있습니다. 꽃잎이 가리키는 방향으로 시선을 따라가니 바람개비가 돌아가는 모양새입니다. 그러니 바람개비꽃이라 해도 좋겠습니다. 이름부터 서민적입니다. 꽃 모양이 물레바퀴 도는 모양을 닮았다고 물레나물입니다. 메타버스에 생성형 인공지능Generative AI까지 등장한 시대에 물레를 소환하려니 참 까마득하지요. 목화솜을 자아서 실을 만들던 전통 방직기를 '물레'라 합니다. 지금은 박물관에서나 볼 수 있고요.

한밤중까지 등잔불에 기대 물레를 돌리던 시절이 있었습니다. 물레 한 비퀴로 시름을 삭이고, 물레 한 바퀴로 바람을 새겼었지요. 가족을 지키기 위해 멀티플레이를 해야 했던 어머니들의 이야기입니다. 가정 경제를 짊어진 고된 노동의 하루가 《물레타령》 곡조 속으로 스며듭니다.

물레야 윙윙 돌아라 위리렁 웽웽 돌아라
한양 가신 우리 낭군 어느 시절에 돌아오리
심야삼경 야밤중에 물레 소리는 설리 울고
우리 님은 어이하여 이다지도 소식 없나

어머니 노랫소리가 물레 장단 속으로 스며듭니다. 지금으로 말하면 맞춤형 메이크업에 피트니스까지 한창 꾸미고 사셨을 나이였지요. 세월이 무심하지요. 그 시절 어머니에게는 흙먼지에 구겨진 베적삼이 전부였습니다.

어머니들이 꽃만 보고 돌아서지는 않았지요. 어린순을

따 나물로 만들어 먹는 지혜도 발휘했습니다. 그러니 물레와 나물이 한 몸이 되었지요. 풀이름에 나물이 붙으면 십중팔구 먹거리입니다. 윤판나물, 삿갓나물, 놋젓가락나물, 우산나물, 광대나물, 기름나물, 고추나물, 짚신나물, 조개나물….

그냥 날로 먹었다가 곤욕을 치른 일도 있었습니다. 데치거나 익혀 먹으니 뒤탈이 없는 것도 알았겠지요. 그렇게 오랜 세월을 벼리며 많은 들풀이 나물로 밥상에 올랐습니다. 디지털 시대 그 어떤 첨단 지능도 대체 불가한 어머니들만의 빅데이터입니다.

물레나물 줄기는 가늘고 네모집니다. 부러지기 쉽지요. 잘못 발을 디뎠다가 대형 참사를 일으킬 수도 있으니 너무 가까이 가지는 말아 주시기 바랍니다.

한바탕 소나기가 지나니 숲이 짙푸르러집니다. 물레나물 몸체도 한층 자라 오르고 비단꽃이 신록을 배경으로 화사합니다. 또르르 꽃잎을 구르는 물방울마다 하늘 풍경이 비치네요. 그 속에서 숲나그네도 엑스트라로 등장합니다. 자연의 한 부분일 뿐이지요. 물레나물꽃 세상은 그렇게 평안합니다.

참좁쌀풀_ *Lysimachia coreana* Nakai

참좁쌀풀

꽃도 사람도 다정합니다

선자령은 강원도 평창과 강릉을 경계하는 백두대간 고개입니다. 대관령휴게소를 기점으로 오손도손 정담을 나누며 걷는 바람길이 명품이지요. 범꼬리 괴불주머니부터 은대난초 제비동자까지, 우리 땅 우리 꽃을 다 만나실 수 있습니다. 능선 초원에 돌고 있는 거대한 풍력발전기도 이국적이지요. 자연의 품으로 나를 보내는 치유의 숲길입니다. 두고두고 기억에 남을 뿐 아니라, 여러 번 가고 싶은 곳입니다.

선자령에서는 누구나 마음에 짐을 내리고 솔직해집니다. 살아 있는 모든 이들에게 안부를 묻고, 덩달아 산객들과도 인사를 주고받습니다. 가면을 벗어던지니 세상이 아름다워집니다. 여기저기 형형색색 꽃송이들이 감동을 더해 줍니다.

어느 분은 "이게 무슨 꽃이에요?" 묻기도 하고, 어느 분은 겸연쩍은지 머뭇거립니다. 숲에서 누군가와 꽃 이야기를 나눌 수 있다는 게 즐겁습니다. 그렇게 걸음을 옮기다 시선을 붙잡는 숲꽃을 만납니다. 쉽게 만나기 어려운 참좁쌀풀을 보았습니다.

참좁쌀풀은 참 귀한 꽃입니다. 종소명으로 우리나라를 뜻하는 코리아나Coreana를 쓰고 있지요. 바로 우리나라에서 처음 보고된 앵초과 특산식물이랍니다. 샛노란 꽃잎 다섯 장이 산뜻하고, 암술과 수술이 만나는 꽃잎 안쪽에 짙은 연지臙脂를 바른 듯 빨간 무늬가 선명하지요. 기본형이 좁쌀풀 *Lysimachia davurica* Ledebour인데, 노란색 작은 꽃들이 다닥다닥 붙어 좁쌀처럼 보인다고 붙여진 이름입니다. 좁쌀풀은 꽃잎에 빨간 무늬가 없답니다. 가지 끝에서 빨강 연지 찍고 깔끔하게 피는 꽃, 그래서 참좁쌀풀입니다.

참좁쌀풀의 꽃말은 "나를 기억해 주세요."입니다. 모양

156

새를 보니 그럴 만하지요. 숲과 친하다 보면 많은 꽃님을 만나게 됩니다. 그중에 특별히 기억에 오래 남은 꽃도 있고요. 참좁쌀풀이 그런 꽃입니다.

기억이란 게 어떤 일을 잊지 않고 새겨 두고 생각하는 것이지요. 그래서 기록할 기記, 생각할 억憶입니다. 혹시 기억에 남는 꽃님이 있는지요. 사람이 꽃보다 아름답다고 하는데, 꽃처럼 기억에 새긴 벗님도 있는지요. 참좁쌀풀 이름을 부르니 꽃도 사람도 다정하게 느껴집니다.

기억이 깊어지면 추억이 되지요. 지난 기억을 돌이켜 생각하는 것이니, 쫓을 추追, 생각할 억憶입니다. 그분과 함께한 선자령 추억, 조만간 다시 가 봐야겠습니다. 소중한 추억이거든요.

여러분도 가끔 꺼내 보는 추억들 갖고 계시지요? 그런 분들은 행복한 사람입니다. 분명 생각이 바르고 몸가짐도 깔끔하신 분들일 겁니다. 그런 분들이 있어 세상이 밝아집니다. 이참에 우리도 살면서 좋았던 기억 열 가지만 선정해 볼까요? "나에게 좋은 기억이란 뭐가 있지?" 잠시 망설여질 수도 있습니다. 그렇지만 나를 발견하는 기회가 될 겁니다.

157

꽃쥐손이_ *Geranium eriostemon* Fischer ex Candolle

꽃쥐손이

비로소 나를 돌봅니다

덕유산은 여름 숲꽃을 찾는 사람들에게 단골 장소입니다. 설천봉에서 향적봉, 중봉 구간이 천상의 화원이지요. 꽃을 잘 모르는 분들도 호사를 누립니다. 설천봉까지 직행하는 케이블카가 있어, 1,000미터가 넘는 높은 산을 땀 한 방울 흘리지 않고 오릅니다. 편리한 세상입니다만, 자칫 교만해지지 않을까 염려도 됩니다.

숲꽃의 일상도 사람과 다를 바 없습니다. 어제 최선을 다했으니 오늘 이렇게 관심을 받는 것이지요. 너무 들뜨지 말고 꽃이 전하는 이야기를 온전히 담아 가시면 좋겠습니다.

꽃쥐손이는 덕유평전을 수놓는 꽃 구성원 중에 예쁜 꽃으로 으뜸입니다. 활짝 젖혀진 연분홍 꽃잎 다섯 장을 배경으로 쭉 뻗어 나온 기다란 암술대가 학鶴 부리를 연상시킵니다. 속명 제라늄Geranium도 '학'이라는 뜻의 제라노스 Geranos에서 유래했지요. 열매가 맺힌 모양도 학의 부리를 닮았습니다.

잎 모양이 쥐 발바닥을 닮았다고 쥐손이고요. 꽃이 너무 예뻐 꽃쥐손이가 되었습니다. 누구는 줄기와 잎에 털이 있어 '털쥐손이'라고도 부르고, 누구는 아예 '꽃털쥐손이'라고도 합니다.

봄철마다 관공서 빈터나 공원 화단을 치장하는 꽃들 아시지요? 피튜니아, 마리골드, 마거릿, 베고니아, 비올라, 데이지, 팬지…. 사람 손길을 빌려 봄마다 단골로 등장하는 꽃입니다. 잘 정돈된 온실에서 만들어진 원예품종이지요. 제라늄도 이들 멤버 중에 하나입니다. 숲에서 보는 제라늄과 달리 넓은 잎에 꽃도 크지요. 겨우내 칙칙했던 도심 풍경을 단번에 뒤바꾸는 분위기 메이커입니다.

도회지에 있거나 자연 숲속에 있거나, 꽃들의 바람은 한 가지이지요. 균형 잡힌 세상! 그래서 언제 어디서건 누구나 잘 사는 세상! 그런 세상일 겁니다.

꽃쥐손이 화원에 무욕無慾의 시간이 있습니다. 바람으로 꽃이 살랑이는 건지, 꽃으로 바람이 일렁이는 건지요. 순리를 거역하지 않습니다. 거센 비바람과 눈보라, 녹일 듯한 더위도 참아 냈기에 저만큼 자리 잡았겠지요. 그렇게 번창하기까지, 어느 세대인가 각고의 분투가 있었을 겁니다.

우리에게도 그런 세대가 있지요. 1차 · 2차 · 3차 산업혁명을 성공적으로 이루어 낸 베이비붐 세대입니다. 이제 이들이 4차 산업혁명을 넘어 인공지능 시대까지 견인하고 있습니다. 정말 슈퍼 세대입니다. 그런데 서글픈 것은 이들이 앞으로 나아갈 줄만 알았지, 정작 자기 돌보는 일에 소홀했다는 겁니다.

임종臨終을 앞둔 분들께 지난 시절 가장 아쉬운 게 무엇인지 여쭈면 그런다고 하지요. "나를 위해 살지 못했다. 열심히 일만 했다." 생각해 보니 남을 위해서만 살았다는 거지요.

힘들여 부모·자식 부양하고, 그도 부족해 손자·증손자·고손자 대대손손 물려줄 재산 모으느라 자기는 보이지 않았습니다. 그 관성慣性을 놓기가 참 어려운가 봅니다. 지금도 너무 과도하게 애쓰고 있지요. 이제 나로부터 나를 놓아주는 지혜를 배워야겠습니다.

꽃쥐손이_ *Geranium eriostemon* Fischer ex Candolle

원추리_ *Hemerocallis fulva* Linnaeus

원추리

비우니 채워집니다

지리산에 가 보셨는지요. 백두부터 굽이쳐 온 기운이 하나로 만나는 천상계입니다. 바래봉, 만복대, 고리봉, 노고단, 반야봉, 삼도봉, 삼신봉, 토끼봉, 형제봉, 칠선봉, 영신봉, 촛대봉, 연하봉, 제석봉, 그리고 천왕봉. 우리네 삶을 품고 생채기를 보듬어 주는 남녘 영봉靈峯 대간大幹입니다. 아직 가 보지 못한 분은 먼저 노고단부터 오르시길 권합니다. 구례 산동면 성삼재에서 쉬엄쉬엄 한두 시간이니 겁내지 마시고요.

이른 새벽 노고단에서 구름바다를 만납니다. 햇살이 스며들고 온 천지가 붉은 카펫이니, 영봉들이 저마다 외딴섬으로 드러납니다. 걱정이 차오르고 눈물샘을 주체하지 못함을 숨길 수 없습니다. 마치 계획이 있는 듯, 구름·바람이 하늘 능선을 넘어가네요. 내 몸을 휘감으며 내 상념도 씻어 갑니다. 순간 새벽 햇살 품은 원추리 무리가 모습을 드러냅니다. 이럴 때를 요즈음 말로 득템이라고 하나요. 꽃잎에 맺힌 이슬이 나를 응시합니다. 성냄도 바람도 다 내려놓으랍니다.

원추리는 기다란 꽃줄기에 여러 개 꽃망울을 가지고 있고 차례차례 꽃을 피웁니다. 보통 하루 동안 피었다가 시드는데, 서양 이름도 하룻낮 동안 피는 백합이라 해서 데이릴리Day Lily입니다.

옛적부터 원추리 어린순은 나물로 요긴했습니다. 정월대보름에 잘 말려 둔 원추리나물을 먹으면 그해 근심과 걱정이 사라진다고 했지요. 그래서 망우초忘憂草라 불리기도 합니다. 근심이란 게 본래 꼬리에 꼬리를 물고 같은 생각을 반복하는 거지요. 하루 피었다 지는 원추리꽃처럼, 오늘 걱정은 오늘로 끝내면 좋겠습니다.

우리나라가 지금처럼 윤택하게 살던 시절이 있었는지 시간을 거슬러 봅니다. 오천 년을 통틀어 지금이 가장 풍요

로운 시절이라 여겨집니다. 그런데도 우리는 더 가지려 하고 나누는 데 인색하지요. 여전히 집착하고 경쟁하고 있습니다. 모든 불화와 근심 걱정의 시작입니다.

국민소득 3만 불 이상, 인구 5,000만 명 이상, 이른바 30:50 클럽에 해당하는 국가는 미국·일본·영국·프랑스· 독일·이탈리아, 그리고 우리나라뿐입니다. 우리의 행복이 당연해야 하는 이유입니다. 자본주의에 취해 야수적으로 살고 있지는 않은지 돌아봐야겠습니다.

"색즉시공 공즉시색色卽是空 空卽是色"

참 심오하고 난해한 가르침입니다만, 제 나름대로 풀이를 해 봅니다. 비움이 있으면 채움이 있고, 채움이 있으면 비움이 있겠지요. 비우는 것이 곧 채우는 것임을 깨닫습니다. 내가 가진 것이 차고 넘치고 있지는 않은지. 너무 많이 가지려고만 애쓰지 말고, 가지려고 하되 집착하지는 말아야 겠지요. 노고단 산정에서 저 멀리 천왕봉 가는 하늘길을 바라봅니다. 2박 3일은 걸어야 다다를 수 있겠지요. 비움과 채움을 배우는 길입니다.

하늘나리_ *Lilium concolor* Salisbury

말나리_ *Lilium distichum* Nakai

168

나리

살아가는 이유가 있습니다

동네 꽃집이나 꽃밭에서 백합Lily 많이 보셨지요? 우아한 꽃 모양과 진한 향기, 순수와 아름다움의 상징이지요. 하얀색으로 많이 보아서 그런지, 백합을 하얀 꽃으로만 아시는 분들이 많습니다. 사실은 흰 백白이 아니라 일백 백百입니다. 땅속에서 백여 개의 비늘줄기가 합쳐진 알뿌리를 만든다고 백합百合입니다. 백합을 순우리말로 '나리'라고 하지요. 화사한 꽃을 보니 지체가 있어 보이기도 합니다. 백합 따로 나리 따로 아닙니다.

숲에서는 백합보다 나리라는 이름으로 더 친숙합니다.

숲에 가야 비로소 나리의 참모습을 볼 수 있지요. 짙은 녹음을 배경으로 기품이 으뜸이니 원예종에 비할 바가 아닙니다. 꽃색이 분홍에서 황적색으로 다채롭지요. 꽃잎 안쪽에는 자주색·적갈색 반점들이 새겨 있습니다. 꽃색소 안토시아닌과 카르티노이드가 만든 조화이지요. 자라는 환경에 따라 색소 농도가 다를 테니, 굳이 색으로 구분하려 애쓰지는 않아도 되겠습니다.

숲에서 자주 만나는 나리 사촌들이 있습니다. 참나리, 말나리, 하늘말나리, 하늘나리, 중나리, 털중나리, 땅나리…. 각각을 구별하기가 쉽지는 않지요. 주로 꽃이 피는 방향과 잎이 나오는 모양에 따라 분류합니다.

참나리, 하늘나리, 중나리, 털중나리, 땅나리는 작고 뾰족한 잎이 어긋나기로 나옵니다. 참나리는 꽃잎에 호랑무늬 반점이 있어 호랑나리Tiger lily라 하고요. 줄기에서 잎이 나오는 부위마다 콩알만 한 주아珠芽가 한 개씩 만들어지는데, 이 주아로도 번식을 합니다. 하늘나리는 꽃이 하늘을 향해 핀다 해서 붙여진 이름이고요. 중나리는 꽃이 옆으로 향해 핍니다. 중나리 중에 잎과 줄기에 털이 있으면 털중나리입니다. 땅나리는 줄기 끝에서 여러 개 꽃이 어긋나기로 땅을 향해 핍니다.

말나리는 긴 타원형 잎이 줄기 중간에 돌려나기로 납니다. 잎이 줄기를 말고 있다고 말나리이지요. 말나리 중에 꽃이 하늘을 향해 피어 있으면 하늘말나리입니다.

숲에서 발품을 좀 팔면 만날 수 있는 귀한 나리도 있습니다. 솔잎 모양으로 가늘고 기다란 잎을 가진 솔나리입니다. 연분홍 꽃잎을 뒤로 젖히고 꽃술을 자랑하는 품새가 참으로 서정적이지요. 수줍음과 고고함을 두루 갖춘 여왕 나리입니다.

숲에 여러 종류의 나리들이 살고 있음을 알았습니다. 각자 자기 모양을 상징하는 이름 하나씩 가지고 있는데요. 나리는 퍼스트 네임인 셈입니다. 나무에게도 퍼스트 네임이 있습니다. 바로 참나무입니다. 갈참나무, 졸참나무, 굴참나무라는 각자 고유한 이름을 가지고 있지요.

풀·나무마다 자기 이름을 가지고 그에 걸맞은 몫을 하니 눈여겨봐야겠습니다. 비록 무리 속에 있을지라도, 맥없이 묻혀 있지는 않지요. 자기 정체를 분명히 하면서 존재 이유에 답을 합니다. 사람도 마찬가지입니다. 공동체의 가치를 존중하면서, 서로서로 협력하며 책임을 다해야겠지요. 그만큼 삶은 의미 있을 겁니다.

솔나리_ *Lilium cernuum* Komarov

지리터리풀_ *Filipendula formosa* Nakai

지리터리풀

―――――

큰마음으로 나아갑니다

숲 친구들과 성삼재에서 만복대까지 하늘 능선을 걸어 갑니다. 이들과 숲에 들고 세상사도 함께하며 동행한 산이 참 많습니다. 오늘도 주거니 받거니 안부를 나누며 숲 생태 와 교감합니다. 고리봉에 이를 때쯤 곰의 포효 소리가 무척 가까이서 들립니다. 우리가 영역을 침범한 건지, 빨리 사라 지라는 경고로 들립니다. 행여나 쫓아올까 봐 긴장했지요. 사람을 공격하지 않는다고 합니다만, 곰 입장에서도 사람을 보면 많이 놀라겠지요. 소리를 낮추고 걸음을 재촉했답니다.

만복대 가는 하늘길은 조록싸리, 미역줄나무 우거진 좁

은 숲길입니다. 가슴 높이만큼 고만고만하게 자란 키 작은 나무들이지요. 이들 정글 틈새로 마치 키 높이 경쟁하듯 꽃자루를 올린 숲꽃을 만납니다. 분홍 구슬을 달고 있는 것처럼 좁쌀만 한 꽃망울들이 다닥다닥 붙어 있습니다. 일부는 꽃잎을 열어 긴 꽃술을 자랑하니, 마치 솜사탕 같습니다. 지리산에서 처음 발견한 터리풀이라고 해서 '지리터리풀'입니다. 그렇다고 지리산에만 있는 것은 아니고요. 칠팔월 즈음 높은 산지에서 만날 수 있답니다.

터리풀 *Filipendula glaberrima* Nakai은 꽃에 비해 긴 수술이 뭉치를 이루고 있는 점에서 특별합니다. 꽃 이름도 꽃가지가 먼지떨이처럼 보인다거나, 꽃자루 끝에 털실 오라기가 엉겨 있는 모양을 반영해 지어졌지요. 터리풀과 지리터리풀은 꽃색과 잎 모양으로 구별할 수 있습니다. 지리터리풀 꽃색이 붉은색에 가깝다면, 터리풀은 하얀색이 강합니다. 잎은 단풍잎처럼 열편이 갈라지는데, 터리풀 열편이 더 깊게 갈라집니다.

실은 이번에 지리터리풀꽃을 처음 보았답니다. 번뜩 눈이 밝아지고 반가움에 한참을 바라보았습니다. 녹색 잎 위로 얹어진 핑크 솜사탕이랄까요. 청명한 하늘과 싱그런 바람까지 완벽한 무대였습니다. 이 프레임에서 나는 대사 없는 단역배우랄까요.

내려올 때도 하나를 모델 삼아 연신 셔터를 누르는데, 대한 사람 모두가 알 만한 연예인 한 분이 올라오시더라고요. 모니터로 볼 때는 딴 세상 사람이려니 했는데, 똑같이 인사하고 똑같이 땀 흘립니다. 자연도 반갑고, 사람도 반갑고, 나도 밝아지고. 그저 세상 모든 게 고맙습니다.

세계행복지수에서 우리나라는 2022년 137개국 중에 57위였지요. 2021년 59위, 2020년 62위였고요. 의외로 순위가 높지 않지요. 우리나라가 국민소득, 기대수명은 세계적으로도 분명 상위권입니다. 하지만 복지, 선택의 자유, 너그러움, 부패 인식, 디스토피아Dystopia 항목에서 많이 뒤처집니다. 가난하다 보니 성장 중심 산업사회를 견지해 온 까닭이겠지요. 선택 범위가 좁고 타인을 존중하는 마음 크기도 작았습니다. 더욱이 미래에 대한 불안으로 계속 직진만 했지요.

이제 하나하나 돌아보고 보다 나은 길로 가야지요. 꽃길이라 합니다. 꽃이 사람이고 사람이 꽃입니다. 그게 행복입니다.

뻐국나리_ *Tricyrtis macropoda* Miquel

뻐꾹나리

옆에 있어 고맙습니다

무더위에 마음 씀씀이까지 옹색해집니다. 너그러워야 하는데…. 일상 탈출이 필요하지요. 숲으로 가시길 권합니다. 숲 그늘에서 시원한 바람도 만나고 생각 크기도 다잡아 보면 좋겠습니다. 운이 좋으면 꽃줄기마다 향초를 올린 숲꽃, 뻐꾹나리를 만나실 수 있습니다.

꽃 모양부터 획기적이지요. 보라색 반점을 가진 하얀 꽃잎 여섯 장이 발랑 젖혀져 있습니다. 그중 석 장은 아랫부분이 볼록하게 부풀어져 있지요. 그래서 숫자 3을 뜻하는 'tri'와 볼록하다는 뜻의 'Cyrtis'를 합쳐 속명 트리키르티스Tricyrtis

가 만들어졌습니다.

뻐꾹나리는 여름 숲에서 볼 수 있는 우리나라 특산종입니다. 백합과 뻐꾹나리속으로 1속 1종 유일한 종이지요. 꽃 가운데에서 촉수처럼 올라온 암술·수술까지도 꽃잎처럼 보입니다. 암술이 세 갈래로 갈라지고, 다시 각각 끝이 두 쪽으로 갈라져 여섯 갈래입니다. 여기에 수술 여섯 개까지 나와 있습니다. 1층은 진짜 꽃잎으로, 2층은 암술·수술을 꽃잎처럼 만들었지요. 그러니 존재감이 훨씬 커 보입니다. 말미잘, 꼴뚜기를 닮은 것 같기도 하고요. 낚시할 때 쓰는 가짜 미끼로도 보입니다.

꽃 이름에 뻐꾸기가 등장하니 기억에 남을 만하지요. 뻐꾸기가 우는 여름에 꽃이 피는 나리입니다. 꽃잎에 자주색 반점이 뻐꾸기 목과 가슴 사이에 있는 무늬를 닮아 이름 지어졌다고도 합니다. 어찌 됐든 뻐꾸기와 상당한 연관이 있는 숲꽃입니다.

멸종위기 우리나라 고유 식물이니 함부로 다루면 안 되겠지요? 숲에서 만나시면, "저 꽃이 뻐꾸기 나리구나!" 하고 귀하게 보아주시면 좋겠습니다. 우리 숲에 이런 꽃님이 있다는 게 고맙지요.

뻐꾸기는 다른 새의 둥지에 알을 낳아 대신 기르게 하는 탁란托卵 조류입니다. 오목눈이, 곤줄박이, 딱새 같은 작은 새들이 자기 덩치만 한 뻐꾸기 알을 자기가 낳은 알인 양 품어 줍니다. 그렇게 보듬어 준 뻐꾸기알이 먼저 깨어 나와 다른 알들을 둥지 밖으로 밀어내지요. 굴러온 돌이 박힌 돌을 빼는 꼴입니다. 나중에 나오는 새끼들까지 여지없이 밀어냅니다. 그래도 딱새는 열심히 먹이를 물어 와 뻐꾸기 새끼를 먹여 살립니다.

둥지 근처에서 어미 뻐꾸기가 이 장면을 다 보고 있지요. 이 생태계의 비정함을 어떻게 해석해야 할까요? 남을 이용해 내 수고를 덜어 내는 얌체족의 전형입니다. 뻐꾸기 입장에서는 멋진 종족 번식 수단이라 쾌재를 부르겠지요. 하지만 내 알 네 알 구분 못 하고 지극정성을 다하는 작은 새들이 너무 애처롭습니다.

뻐꾸기가 작은 새 둥지를 유린하는 동영상이 많이 있으

니, 꼭 보시길 권합니다. 아마 경악을 금치 못하실 겁니다. 우리 이웃 간에는 그런 경우가 없어야겠지요. 나로 인해 불편한 사람은 없는지 수시로 돌아봅시다. 서로 도우면서 함께 살아가길 꿈꾸며, 오늘도 뻐꾹나리로 뻐꾸기족族을 경계합니다.

뻐꾹나리_ *Tricyrtis macropoda* Miquel

기린초_ *Sedum kamtschaticum* Fischer & Meyer

기린초

우리는 누구나 특별합니다

뙤약볕에 온 천지가 이글거립니다. 삼십 도를 웃도는 열기에 일이 손에 잡히지 않습니다. 숲길 무성한 풀잎도 축축 늘어져 시들시들하고 나뭇잎도 기운을 잃고 잠잠합니다. 이런 날은 낮잠이 최고이지요. 피로도 씻어 주고, 생체리듬 최적화에 좋다고 합니다. 숲나그네도 가던 길을 멈추고 잠시 통나무 쉼터에 몸을 누입니다. 잠깐 눈을 붙인 것 같은데, 서너 시간을 잔 것 같습니다. 그야말로 꿀잠입니다.

이런 날에도 기린초는 싱싱한 탄력을 뽐내며 금빛 광채를 발산합니다. 그것도 햇볕이 내리쬐는 바위나 돌무더기 옆에서 아무렇지 않은 듯 도도합니다. 녹색 잎새들 위로 노란 별꽃이 무리를 이루니 금방 알아볼 수 있지요. 자세히 보니 잎이 도톰합니다. 고향집 돌담 사이에 작고 통통한 잎으로 자라던 돌나물 생각나시는지요. '돈나물'이라고도 하고요. 새 움을 따서 초무침도 만들고, 나물로 비빔밥도 해 먹었지요. 기린초를 돌나물 사촌으로 여기면 되겠습니다.

잎이 두껍고 수분이 많은 식물을 다육식물多肉植物이라 합니다. 이들은 잎 표면에 왁스층이 있어 반들반들하고, 잎 대신 가시가 있기도 합니다. 수분을 최대한 많이 저장하고 손실은 최소화하는 쪽으로 진화한 것이지요. 선인장 다육이를 비롯해 한 번쯤은 집에서 키워 보셨을 겁니다. 기린초, 돌나물, 꿩의비름, 바위솔, 바위채송화…. 우리 숲에서 찾아볼 수 있는 토종 다육이들입니다. 이들이 건조하고 무더운 환경에서도 살아남고자 노력했기에, 한여름에도 숲길이 다채로운 것이지요.

기린초의 기린은 아프리카 사바나에 목이 긴 기린Giraffe이 아니라, 전설에 나오는 동물 기린麒麟입니다. 고대 중국에서는 기린, 봉황, 거북, 용을 신령스러운 동물로 여겼습니다.

기린은 사슴 몸에 소꼬리를 가진 오색빛깔 외뿔 동물로 발굽과 갈기는 말을 닮았지요. 태평성세를 상징하는 동물로 신성시했습니다. 기린초는 잎과 꽃이 기린을 닮아 이름이 지어졌다고 합니다. 그러고 보니 한여름에도 당당한 녹색 잎과 노란 별꽃 무리 광채가 오색빛깔 기린의 아우라aura와 견줄 만합니다.

기린은 재주나 지혜가 뛰어나고 장래가 촉망되는 아이를 지칭할 때도 쓰입니다. 어떤 분야에 걸출한 사람을 존중하는 말로, 기린아麒麟兒라 하지요. 혹시 우리 아이가 그런 재능을 가졌는지 궁금하신지요. 사실 아이들은 모두 기린아입니다. 언어, 수리, 운동, 예능, 인성, 감성, 대인관계…. 누구나 자기가 잘하는 분야가 있지요.

단지 기회가 공정한가에 문제가 있을 뿐입니다. 시험점수 중심의 획일적 입시와 입직 관행이 큰 걸림돌이지요. 직업이 아닌 진학에 열을 올리는 나라. 모든 재능을 무참히 흡수해 버리는 블랙홀입니다. 젊은이들이 적재적소에서 활약할 수 있도록, 과감히 바꾸면 좋겠습니다.

송이풀_ *Pedicularis resupinata* Linnaeus

흰송이풀_ *Pedicularis resupinata* f. *albiflora* (Nakai) W. Lee

188

송이풀

물러설 때를 압니다

계곡마다 차오르는 골바람, 물기를 가득 담고 능선을 넘는 하늘구름, 그리고 가면을 벗은 사람들…. 고산에서만 만날 수 있는 그림입니다. 여름 산을 찾아가는 이유이기도 하지요. 이 풍경에 숲꽃도 한몫합니다. 그중에 숲 안쪽 그늘에 자리를 잡은 꽃들이 반가움을 더합니다. 송이풀도 그런 꽃입니다. 쉽게 보기 어렵지만, 만나면 오랫동안 바라보게 되는 꽃님입니다.

송이풀은 줄기 끝에서 여러 개 꽃이 송이를 이루어 핀다고 해서 붙여진 이름입니다. 줄기 끝에 차곡차곡 포개져 있는 잎 틈새로 꽃이 삐져나옵니다. 마치 어린아이 잇몸에서 이가 나오는 것 같기도 하고, 애벌레가 고치를 털고 기어 나오는 듯도 합니다. 꽃들이 핀 듯 안 핀 듯, 옆으로 비틀린 모양이 바람개비를 닮았습니다. 잎은 댓잎 모양이고, 가장자리가 톱니처럼 생겨 독특합니다. 언뜻 보면 아직 꽃이 다 안 핀 것처럼 보이지요. 자세히 보니 윗입술과 아랫입술처럼 꽃잎 끝이 갈라져 있고요.

꽃잎이 한 장 한 장 활짝 펴져 있으면 좋겠는데, 그냥 뒤틀린 모양으로 차례차례 꽃 뭉치를 이룹니다. 잔뜩 배를 불린 듯, 더부룩하게 피어 있는 모양이 안쓰럽기도 하고요. 그래서인지 송이풀 꽃말이 '욕심'이랍니다. 좁은 공간에 많은 꽃을 피우니 그럴 듯도 합니다. 나름대로 자손을 많이 남기기 위해 마련한 전략이겠지요. 그게 사람에게 욕심처럼 보였습니다.

무언가를 바라는 마음, 얻으려고 하는 마음이 욕심이지요. 바랄 욕欲, 마음 심心입니다. 사람이 살아가는 데 지극히 자연스러운 마음입니다. 욕심이 너무 없는 것도 문제이지요. 하지만 가진 것에 만족하지 못하고 더 많은 것을 원할 때, 또 노력은 하지 않으면서 원하는 것을 가지려고만 할 때, 문제

190

가 커지기 시작합니다. 모든 불행의 근원이지요. 그럴 때마다 우리는 초심初心을 이야기합니다. 우리 모두 처음에는 안 그랬었거든요.

산을 오를 때도 그렇습니다. 어느 산을 제일 먼저 올랐느니, 몇 시간 만에 올랐느니. 그리 귀담아들을 무용담武勇談은 아닙니다. 허리든 관절이든, 직진만 하다가는 무리가 오는 법이지요. 욕심을 버리는 게 오래가는 겁니다.

"선지우직지계자승先知迂直之計者勝"

가까운 길도 먼 길을 가듯 신중한 사람이 뜻한 바를 이룹니다. 자기 페이스대로라면 못 오를 산이 없답니다. 나아가야 할 때와 물러설 때를 아는 것이 중요하지요. 일이 잘 풀릴 때일수록, 한 걸음 뒤로 물러서 출발점을 돌아봅니다.

송이풀이 욕심껏 꽃부리를 활짝 펼칠 수도 있었겠지요. 하지만 끝을 살짝 비틀어 꽃부리 간격을 유지했기에 지속 가능했을 겁니다. 더 멀리 가기 위해 물러선 거지요. 지금 지구상에 존재하는 수많은 생명들! 욕심은 비우고 지혜를 채워왔기에 언제나 당당합니다.

191

꿩의다리_ *Thalictrum aquilegifolium* Linnaeus

금꿩의다리_ *Thalictrum rochebrunianum* var. *grandisepalum* (Levier) Nakai

꿩의다리

남겨질 흔적을 생각합니다

꽃 피는 식물이 등장한 시기는 약 1억 4천만 년 전 중생대 백악기로 거슬러 올라갑니다. 꽃을 피워 암술·수술로 배우자를 구별하고, 곤충을 매개체로 삼아 보다 효율적으로 짝짓기하는 전략을 마련했지요. 바로 유성생식이라는 획기적인 자손 번식 시스템입니다. 암수 유전자를 섞어 우세한 형질을 발현시키니, 유전적으로 건강한 자손이 대를 이을 수 있게 된 겁니다.

꽃잎, 꽃받침, 암술, 수술을 모두 가지고 있으면 갖춘꽃이라 합니다. 이들이 발현하는 색상이 다채롭기에 각자 좋아하는 곤충을 유인할 수 있지요. 우리는 꽃색을 보통 꽃잎이 발현하는 색으로 알고 있습니다. 하지만 꽃색이 반드시 꽃잎의 색으로만 결정되는 것은 아닙니다. 꽃잎이 없는 꽃도 있으니까요. 대표적으로 꿩의다리꽃은 꽃잎과 꽃받침이 없고 암술 수술이 꽃잎 역할을 하는 안갖춘꽃입니다. 그러다 보니 꽃 모양이 마치 불꽃놀이에서 터지는 폭죽을 닮았습니다.

줄기는 가늘지만 단단해 보이고 잎이 난 마디가 뭉툭해, 꿩의 다리를 닮은 꽃 '꿩의다리'랍니다. 꿩의다리속 중에 금꿩의다리는 꽃잎이 있는 것처럼 보입니다. 활짝 젖혀진 연보랏빛 쟁반 위에 황금빛 수술과 꽃밥이 어우러진 자태가 참 예쁘고 귀하게 보입니다. 그래서 꿩의다리 중에 으뜸, 금메달 꿩의다리입니다. 그런데 이 연보라 꽃잎은 진짜 꽃잎이 아니랍니다. 꽃받침 넉 장이 변해 꽃잎 행세를 하는 헛꽃이지요. 숲에서 보는 팽이눈, 바람꽃, 산수국, 산딸나무꽃도 마찬가지입니다.

헛꽃은 꽃을 화려하게 만들어 곤충을 유인하는 식물의 전략입니다. 그렇게 치열하게 고민하고 방도를 마련했기에 수억 년 존재하고 있는 것이지요. 꽃들에서 배우는 영겁永劫

의 시간입니다. 하나하나가 다 소중하지요. 그러니 너무 쉽게 대하면 안 되겠습니다.

우리는 우리가 그토록 애지중지하는 자손들에게 무엇을 남겨 주고 있는지 살펴봅니다. 대대로 재물을 탐하라는 물질만능 유전자가 두렵습니다. 가지면 가질수록 끝이 안 보입니다. 그들에게 생명을 존중하고 자연을 지키도록 하는 가르침은 있는지요. 지구상에 출현한 생물종 절반 이상이 백만 년을 버티지 못했답니다. 사람의 역사가 이제 이십만 년여라는데, 사람은 꽃식물이 살아온 만큼 존재할 수 있을지 걱정입니다.

어떤 생물종이 득세하면서 환경을 심각하게 갈취했습니다. 그 종을 통제할 천적이 없었던 거지요. 그로 인해 그 생물종뿐만 아니라, 다른 모든 동식물이 살기 어려워졌습니다. 다름 아닌 사람이 남기고 있는 유산입니다. 급기야 자기들이 초래한 기후 문제를 해결해야 하는 과제를 안고 살지요.

지구 지질시대에 수백만 이상의 생물종이 자연현상을 이유로 멸종했습니다. 어쩌면 사람은 자기가 만든 재해로 스스로 대멸종하는 생물종 1호가 될지도 모르겠습니다. 우리가 진정 남겨야 할 유산은 무엇일까요?

195

둥근이질풀_ *Geranium koreanum* Komarov

흰이질풀_ *Geranium thunbergii* f. *pallidum* Nakai
이질풀_ *Geranium thunbergii* Siebold et Zuccarini

이질풀

사람세상, 지속 가능합니다

이질痢疾은 시겔라Shigella 균이 입을 통해 대장과 소장에 침투해 일으키는 제1군 법정 전염병입니다. 몸에 열이 나면서 오슬오슬 춥고 떨리고 복통에 설사까지, 심지어 사람이 죽기까지 하였습니다. 돌이켜 보면 우리나라가 1980년대까지만 하더라도 위생 관념이 참 부실했습니다. 화장실을 사용하고 손을 씻지 않는다든지, 음식물 조리나 식사 전후에도 손 씻는 사람이 드물었습니다. 지금은 많이 달라졌지요. 개발도상국이나 후진국에서는 여전히 골치가 아픈 전염병입니다.

위생 이야기를 하다 보니, 문득 고속도로 휴게소가 생각납니다. 우리나라 휴게소는 참 깨끗하고 편의시설도 좋지요. 누구든지 무료로 사용할 수 있고, 볼일 보고 나면 손 씻는 일이 당연하지요. 유럽 여행해 보신 분들은 아시겠지만, 그 동네 화장실을 사용하려면 돈도 내야 하고 그리 위생적으로 보이지도 않습니다. 외국 사람이 우리나라에 와서 가장 놀라는 것이 깨끗한 화장실 문화라고 하지요. 그만큼 우리의 품격이 높다는 것을 의미합니다. 글로벌 화장실도 우리나라가 기준입니다.

위생도 부실하고 의료 혜택도 제대로 없었던 시절. 이질에 걸려 시름시름 앓을 때, 우리 조상님들 "인명人命은 재천在天이다." 하고 자포자기했을까요? 그렇지 않답니다. 바로 숲으로 달려가 구급약을 찾아내셨습니다. 손바닥 모양의 잎에 꽃잎 다섯 장을 가진 풀을 달여 먹였더니 설사가 멈추었습니다. 그래서 이질풀입니다.

이질풀은 자기 꽃 안에서 수정이 일어나지 않도록 암술과 수술이 익는 시기를 달리하는 전략가입니다. 수술이 꽃밥을 먼저 터뜨리고, 곤충들이 찾아와 다른 꽃으로 꽃가루를

198

날라 줍니다. 수술이 시들고 나면 암술은 머리를 몇 가닥으로 가르고 끈끈한 점액을 분비하여 다른 꽃에서 오는 꽃가루를 받아들입니다. 유전적으로 건강한 자손을 만드는 유성생식이지요. 그렇게 서로 다른 개체 간에 교배로 세대를 거듭해 왔습니다. 우리보다 먼저 와서 우리 땅을 지켜 온 파수꾼이지요.

근친교배는 유전적으로 열악한 형질을 발현시킬 확률이 높습니다. 오스트리아 합스부르크 왕조의 초상화를 보면 유난히 턱이 튀어나와 있지요. 당시에 왕조를 유지하기 위해 근친결혼이 성행했답니다. 이로 인해 후손들이 주걱턱, 왜소한 키, 저질 체력, 그리고 무정자증까지 대물림했고요. 결국 왕조도 몰락했습니다.

다들 한 번 사는 삶인데, 권력과 욕망이 다 무슨 의미일까요. 우리가 만나는 식물, 비록 움직이지는 않지만, 유성생식으로 다양성을 키워 이러한 폐해를 방지했습니다. 합스부르크 가문이 꽃의 과학을 좀 더 이해했더라면 역사가 바뀌었을지도 모르겠습니다. 이질풀을 다시 보면서, "사람세상은 앞으로도 지속 가능한가?" 스스로 묻고 답을 구합니다.

새김⋯
지금이 소중합니다

누린내풀

물봉선

고들빼기

어수리

산오이풀

과남풀

투구꽃

산국

쑥부쟁이

꽃향유

수리취

온 세상이 국화바람菊風입니다.

잠시 짐을 내려놓고,
바람에 바람을 실어 보냅니다.

내 안의 나를 바라봅니다.
지금이 소중합니다.

누린내풀_ *Caryopteris divaricata* (Siebold & Zuccarini) Maximowicz

누린내풀

사람에게 꽃내음이 납니다

아침저녁으로 제법 서늘해졌습니다. 더위도 시간 앞에
고개를 숙입니다. 이때쯤 어둑한 숲에 외따롭게 자리 잡은
보랏빛 꽃님을 만납니다. 가녀린 줄기 끝에 흔들리는 꽃이
아슬아슬합니다. 가까이 가니 비릿한 냄새가 풍겨 오네요.
마편초과 누린내풀입니다. 꽃잎이 다섯 장인데, 맨 아래쪽
꽃잎에 짙은 반점이 뚜렷하고요. 꽃잎 밖으로 활처럼 휘어진
암술·수술이 이채롭습니다. 마치 과거 급제하고 금의환향할
때 쓰는 사모紗帽 어사화御賜花를 닮았습니다. '어사화꽃'이라
불러도 좋을 듯합니다.

풀꽃이 냄새를 만드는 이유는 무엇일까요? 아마 두 가지 이유일 겁니다. 하나는 해로운 동물이 접근하지 못하도록 방어하기 위함이고요. 다른 하나는 꽃가루받이를 위해 매개체를 불러들이는 역할입니다. 누린내풀이 풍기는 냄새가 사람에게는 거슬리겠지만, 곤충에게는 향긋한 유혹이랍니다. 쥐오줌풀, 노루오줌, 여우오줌, 계요등, 누리장나무…. 지린내로 자기를 보호하고 자손을 남기는 향기 전략가들입니다.

지금을 사는 식물들은 나름대로 스스로를 지키는 시스템을 잘 갖추었기에 존재합니다. 엄나무, 아까시나무, 찔레나무, 두릅나무, 쐐기풀, 엉겅퀴, 며느리밑씻개…. 이들은 접근 방지용 가시를 가지고 있습니다. 천남성, 은방울꽃, 요강나물, 동의나물, 미치광이풀…. 이들은 시안화합물이나 알칼로이드 같은 맹독물질을 만듭니다. 물리적이든 화학적이든 각자 자기만의 전략을 마련하고 외부의 위협에 대처해 왔습니다.

다만, 이들의 노력을 우습게 아는 지구상 유일의 무서운 동물이 있습니다. 바로 사람입니다. 사람의 손길이 큰 문제입니다. 사람만 아니면 다들 살 만합니다. 다 같이 반성하고 너무 간섭하지 않아야겠습니다.

피톤치드phytoncide, 많이 들어 보셨지요. '식물phyton'과 '죽이다cide'를 합성한 용어입니다. 식물이 해충이나 세균, 곰팡이를 퇴치하기 위해 만들어 내는 휘발성 유기화합물을 통칭하여 피톤치드라 합니다. 맑은 공기를 찾아 소나무·삼나무·편백나무 숲에서 산림욕 많이 하시지요. 본래 식물이 다른 생물을 죽이기 위해 만들어 내는 물질이니, 너무 과하면 해가 될 수도 있습니다. 피톤치드 때문이라기보다는 숲으로 들어간 것만으로도, 그리고 숲이 주는 평온함으로 몸과 마음이 가뿐해집니다.

누린내풀. 여리고 예쁜 꽃인데 냄새 때문에 이름이 좀 그렇습니다. 잘못 스쳤다가는 꺾일 수 있으니 조심해야겠습니다. 친할수록 더욱 소중히 여겨야지요. 가끔 보면 주변에 봉사 활동도 많이 하고 기부도 많이 하는데, 막상 자기 옆에 있는 친구나 이웃에게는 모진 사람이 있습니다. 내 주변부터 살피고 서로 나누는 게 먼저이겠지요.

사람에게도 향기가 있을까요? 향기 나는 삶은 무엇일까요? 만날 때마다 반가운 사람. 그런 사람이 향기로운 사람 아닐까 싶습니다.

물봉선_ *Impatiens textori* Miquel

물봉선_ *Impatiens textori* Miquel

물봉선

다음 세대를 약속합니다

가을색이 보이는지요. 볕이 잘 드는 쪽에 쑥부쟁이 구절초가 모습을 드러내기 시작합니다. 이즈음 습한 그늘숲에는 물봉선이 단연 주인장입니다. 가을 시작을 알리는 전령사이지요. 이쪽에 분홍, 저쪽에 노랑, 그리고 조금 더 가니 하얀색의 물봉선이 무리 지어 피어 있습니다. 나름대로 분홍땅, 노랑땅, 하양땅이라 협약을 맺은 듯하네요. 별다른 분쟁 없이 자기 꽃색 유전자를 계승하고 있으니 참 보기 좋습니다.

물기 많은 곳에서 살고 꽃 모양이 봉황새를 닮았다고 해서 물봉선입니다. 고운 립스틱을 바른 입술처럼 활짝 열린 꽃잎이 매력적이고요. 붉은색 반점 무늬도 유난합니다. 꽃 뒤끝이 좁아지면서 깔때기 모양으로 또르르 말려 있습니다. 바로 거기에 꿀단지를 깊숙이 감춰 두고 있지요. 나비는 수고 좀 해야겠습니다. 거저 얻는 것은 없습니다. 꿀을 찾아 애쓰는 동안, 자기 몸에 붙은 꽃가루를 다른 꽃 암술머리로 옮겨 주겠지요. 그렇게 꽃과 나비는 다음 세대를 약속합니다.

꽃단지들이 줄기 끝에 매달려 대롱대롱 흔들립니다. 균형을 잡아 보려 애쓰는 게 안쓰럽기도 합니다. 꽃잎이 너무 연약해 햇빛에 녹아난 게 여기저기입니다. 비바람에 찢긴 꽃잎도 많고요. 제대로 모양을 갖춘 꽃단지가 대견스럽습니다.

울 밑에선 봉선화야

네 모양이 처량하다

동네 꽃밭에서 봉선화 *Impatiens balsamina* Linnaeus 많이 보셨지요. 동남아시아가 고향인 여름꽃입니다. 새끼손가락에 꽃물을 들이던 추억이 있지요. 문헌을 보니 고려 시대 이전부터 심어졌다고 합니다. 이제 우리 숲에 자생하는 우리 봉선화, 물봉선과도 친해지시면 좋겠습니다.

210

물봉선 열매는 꼬투리 모양의 삭과로, 다 익으면 돌돌 말리면서 안에 있는 씨앗이 튕겨 나갑니다. 물봉선 무리를 잘못 스치면 씨앗 터지는 소리에 당황할 수 있습니다. 꽃말이 '나를 건드리지 마세요Touch me not'랍니다. 건들면 바로 터지는 열매에서 착안했습니다. 그래서인지 속명도 '참을성 없다Im+Patiens'는 임페티언스Impatiens입니다. 온전한 모양을 가진 꽃, 한창 익어 가고 있는 열매, 씨앗을 내보낸 꼬투리. 한 무리에서 다 볼 수 있는 물봉선 파노라마입니다.

계곡 틈새로 파고든 빛줄기 사이로 물봉선 실루엣이 일렁입니다. 그냥 꽃이려니 하고 지나치지 못하고, 자꾸만 쳐다보게 됩니다. 가을을 타는 걸까요? 해가 짧아지고, 기온이 내려가고, 물봉선도 일찌감치 꽃잎을 닫습니다. 무심코 옷깃을 스친 꼬투리가 또르르 소스라칩니다.

시간이 흐르는 것일 뿐인데, 해마다 물봉선 필 무렵이면 휑한 가을앓이를 합니다. 지난 일들 추억들이 묻어나지요. 아마도 이맘때 마음이 가장 여려지나 봅니다. 물봉선이 전하는 가을 이야기! 가슴 한편에 가둬 둔 눈물이 세상 구경하려 합니다. 왈칵 쏟아질 것 같습니다.

노랑물봉선

하양물봉선

고들빼기_ *Crepidiastrum sonchifolium* (Bunge) Pak & Kawano

씀바귀_ *Ixeris dentata* (Thunberg) Nakai

고들빼기

내 안의 나를 봅니다

숲 언저리 빈터마다 노랑·하양 고들빼기 씀바귀 꽃잔치가 한창입니다. 묵은김치와 시래기가 입에 물릴 때쯤, 어린 잎을 데쳐서 나물로 즐겨 먹었었지요. 쓴맛이 있어 '고채苦菜'라 부릅니다. 잎이나 줄기를 꺾어 보면 하얀색 즙이 나오지요. 사포닌이나 이눌린 같은 성분이 있어 쓴맛이 강합니다. 입에 쓴 것이 건강에 좋다고 하지요. 고들빼기·씀바귀가 혈당을 조절하고 면역력을 강화한다고 합니다. 그러니 재배도 많이 하고 건강 반찬으로 인기입니다. 고들빼기 뿌리로 김장 김치도 담그지요.

노란 꽃 모양으로 보면 고들빼기와 씀바귀는 서로 닮았습니다. 둘 다 국화과 식물이지요. 수술이 거뭇거뭇하면 씀바귀이고, 노랑이면 고들빼기입니다. 이 둘을 단번에 구별할 수 있는 포인트가 있습니다. 바로 잎이 줄기에 붙어 있는 모양입니다. 고들빼기는 잎자루가 없이 잎 밑부분이 넓어져 줄기를 감싸고 있답니다. 마치 잎이 줄기를 보호하고 있는 듯하지요. 씀바귀는 여느 풀들처럼 잎자루로 줄기에 붙어 있고요. 뿌리를 비교해도 알 수 있습니다. 고들빼기 뿌리가 씀바귀보다 더 크고 두껍습니다. 그래서 김치 담그기에 안성맞춤입니다.

고들빼기와 씀바귀를 이야기하다 보니 자꾸 이분법적 비교를 합니다. 서로 간에 다름일 뿐이고, 나름대로 환경에 최적화한 모양새입니다. 비교는 서로 견주어 우열을 가리는 것이지요. 그러다 보니 경쟁을 하고, 갈등이 생기고 불행해집니다. 누구나 자기만의 장점이 있는데 지나친 비교로 그 장점을 잃어버리기도 합니다. 가끔이라도 내 안에 나를 바라보는 시간을 가지면 좋겠습니다. 내가 잘할 수 있는 일에 더 집중하고 나를 더 많이 칭찬해야겠지요. 내 안의 나도 나에게 위로받고 싶답니다.

216

사회비교이론에 의하면, 사람은 누구나 자기가 가진 능력을 평가받고자 하는 심리가 있다고 합니다. 이를 위해 여러 가지 면에서 자기와 비슷한 타인을 비교 대상으로 삼는다는 것이지요. 이는 스스로 정체성이 모호할 때 더욱 심해집니다. 결국은 내 안에 있는 내가 문제이지요. 그러니 타인에게도 관대하지 못합니다. 자기가 잘할 수 있는 것들에 더 많은 관심을 두고 자기 삶을 사랑해야겠습니다. 그렇게 나부터 자기 정체성을 분명히 할 때, 다른 사람도 존중할 수 있겠지요.

날씨가 싸늘해졌어도 고들빼기·씀바귀 초록 잎새는 여전합니다. 어린 시절 조막손으로 토끼와 염소에게 줄 풀을 베던 추억이 있습니다. 키 큰 풀들이 져 버렸으니, 그나마 잎이 남아 있는 작은 풀들이 공략 대상이었지요. 조막손들의 낫질로 들녘에 푸른 기운이 남아나지 않았답니다. 그때는 당연히 꽃이 눈에 들어오지 않았지요. 해 지기 전에 포대 자루 채우는 게 급했으니까요. 그 시절 눈 맞춤 하던 나의 동물 친구들. 이렇게 고들빼기 씀바귀꽃 이야기를 하다 보니 감회가 새롭습니다.

어수리_ *Heracleum moellendorffii* Hance

기름나물_ *Peucedanum terebinthaceum* (Fisch. ex Trevir.) Fischer ex Turczaninow

218

어수리

짐을 내려놓습니다

좁쌀만 한 꽃들이 모여 꽃방석을 이루는 풀들이 있습니다. 허리를 숙여 밑에서 올려보면 줄기 끝에서 여러 개의 꽃대가 우산살 모양으로 펼쳐져 있습니다. 꽃대 길이도 비슷하고 영락없는 우산꽃입니다. 어떤 종은 꽃대 끝에서 가느다란 꽃대가 또 갈라져 나와 이중으로 우산을 만듭니다. 이런 풀들을 우산 산傘 자를 써 산형과傘形科 식물이라 합니다. 과명科名도 우산Umbrella을 뜻하는 움벨리페레Umbelliferae이지요.

우산 모양 꽃차례를 가진 풀은 종류도 많고 전체적으로 모양도 비슷해 쉽게 구분하기 어렵습니다. 전문가들도 어려

위하는 분류군이지요. 나물이 맛있어 임금님께 진상했다는 어수리, 구린내가 나고 대나무를 닮았다는 구릿대, 봄철 입맛을 돋우는 나물로 으뜸이라는 참나물, 기름 냄새가 난다는 기름나물, 촘촘한 꽃줄기가 베틀 바디 같다는 바디나물, 노란 우산을 만드는 시호, 당연히 돌아온다는 딩귀當歸, 산골짜기 양지바른 계곡의 궁궁이…. 숲에서 만나는 산형과 친척들입니다.

산형과 풀은 한방에서 약재로도 많이 쓰입니다. 혈액 순환을 도와준다는 천궁, 진통에 효과가 있다는 백지, 관절에 좋다는 강활, 열을 다스린다는 시호…. 우리 조상님들은 우리 숲에서 찾은 우리 풀로 건강도 지키고 병을 고치는 지혜를 남겨 주셨습니다. 텔레비전 채널마다 건강 프로그램이 대세이지요. 병에 걸리고 난 후 치료하려 애쓰기 전에, 건강할 때 건강을 지키자는 내용입니다. 새삼스러운 주장은 아니지요. 조상님 때부터 대대로 내려온 가르침이니까요.

서점에 가 보면 예방의학이나 대체의학을 알리는 책들이 많이 보입니다. 자기 체질에 맞게 음식도 가려 먹고 운동도 꾸준히 하라는 메시지입니다. 우리 숲에서 나는 약초로

병을 예방하고 건강을 지키자는 내용도 대세입니다. 약초 전문가도 많이 등장하고 약초 종류도 많습니다. 조상님들이 우리 풀과 나무에서 찾아낸 건강 아이템들입니다. 이를 집대성해 놓은 《동의보감》은 세계적으로 자랑할 예방의학서이지요. 세계기록문화유산으로 등재해 놓았으니 다행입니다.

만나는 사람마다 건강이 최고라고 늘 인사합니다. 그러면서도 잊고 삽니다. 무엇이 건강한 삶인지 생각해 봅니다. 각종 영양제와 보조식품이 넘쳐나는 세상이지요. 그것만으로 해결이 될까요. 몸 건강도 중요하지만, 그보다는 마음 건강이 먼저라고 생각합니다. 몸의 병도 마음에서 오는 법이지요. 마음의 짐이 문제입니다.

오늘도 하루 생활을 마무리하고 잠자리에 듭니다. 누군가는 지나간 일을 곱씹느라, 또 누군가는 내일 일을 걱정하느라 쉽게 잠들지 못합니다. 마음에 병을 안고 삽니다. 그러니 누우시자마자 바로 잠드시는 분은 참 건강한 사람입니다. 잠이 보약이라고 하잖아요. 여러분도 마음의 짐 내려놓으시고 편안한 잠자리에 드시길 바랍니다.

산오이풀_ *Sanguisorba hakusanensis* Makino

산오이풀

산오이풀

삶이 곧 정성입니다

지리산! 그 이름만으로도 격정이 울컥합니다. 세월이 요 동치거나 말거나 언제나 넉넉하고 평안합니다. 오늘 사십 년 지기와 천왕봉에 오릅니다. 어렵사리 산장을 예약했기에 여 유가 있습니다. 백무동에서부터 물봉선, 과남풀, 용담, 투구 꽃, 미역취…. 이들과 정담을 주고받으며 장터목에 이릅니 다. 저녁은 즉석밥에 컵라면만으로도 진수성찬입니다.

하늘 구름이 보름달을 스치고 휘황한 여운이 생동하는 장터목의 밤입니다. 쏟아지는 별빛에 내 마음도 흠뻑 별이 됩니다. 이곳이 무릉도원입니다. 어깨너비 침상 폭에 모포

두 장. 내게 주어진 잠자리입니다. 이곳에서는 누구나 동등합니다. 더 갖고 덜 갖고, 그런 거 없습니다. 금방 말문을 트고 서로 어깨를 맞대고 누워 동침의 緣을 맺습니다. 내일 새벽 해돋이 이야기로 도란도란하다 스르르 단잠에 듭니다.

문득 주위가 소란합니다. 어느새 새벽 4시, 다들 배낭을 챙기느라 분주하네요. 굳이 알람이 없어도 됩니다. 서편에 도도한 달님을 조명 삼아 천왕봉으로 향합니다. 제석봉 고사목이 새벽길을 마중하고 어슴푸레 통천문이 윤곽을 드러냅니다. 이 시각 오르는 사람은 있어도 내려오는 사람은 없습니다. 모두가 천왕봉에서 하나가 됩니다. 순간 구름바다 위로 붉은 기운이 펼쳐지고 절절한 기도로 오늘 해님을 영접합니다. 산다는 것이 다 정성이지요.

동서남북 굽어보며 진심을 다짐하면서 구름 바람에 상념을 씻어 보냅니다. 이 순간 이 자리에 있는 내가 대견하니 눈시울도 뜨겁습니다. 삶이란 무엇인지요. 겸허한 마음으로 새롭게 태어납니다. 다시 또 오겠지요.

그날을 기약하며 내려오다 보니 산오이풀이 제철입니

다. 꽃차례를 길게 밑으로 내려 새벽 사람들과 인사합니다. 잎에서 오이 냄새가 난다고 해서 오이풀 *Sanguisorba officinalis* Linnaeus입니다. 높은 산에서 자라니 산오이풀이고요. 기본종 오이풀은 꽃차례를 곧추세우고 산 아래쪽에서 자라니 참고하세요.

산오이풀이 지리산 하늘길에서 이렇게 번창하기까지, 수많은 사람을 맞이했겠지요. 여러 번 만난 사람도 있을 테고, 한 번 만나고 소식 없는 사람도 있겠지요. 그래도 산오이풀이 지켜 온 세월은 변함이 없습니다. 오가는 사람들만 제각각일 뿐이지요.

나이 지긋한 두 아주머니가 꽃 이름을 궁금해합니다. 팔순 동갑 친구랍니다. 어떻게 오르셨냐고 물으니, 젊은 시절에 팔십 살이 되면 천왕봉에 같이 오르자고 약속했었답니다. 오늘이 그날이랍니다. "대단하십니다. 존경합니다." 두 분의 우정에 감동했습니다. 새벽 공기를 가르며 천왕봉 일출을 함께하는 친구! 이런 친구를 가진 사람이야말로 세상이 살맛나게 아름다울 겁니다. 오늘 함께 한 사십 년 지기와 "우리도 팔십에 천왕봉에서"를 주고받았습니다.

과남풀_ *Gentiana triflora* Pallas

용담_ *Gentiana scabra* Bunge

과남풀

그러고 보니 남다릅니다

　해가 짧아지고 날씨도 차가워지니 나뭇잎마다 은퇴를 서두릅니다. 올해도 후회 없이 일했지요. 누구는 노랑, 누구는 빨강, 누구는 갈빛⋯. 저마다의 색깔로 바람에 실려 떠나 갑니다. 그들이 남긴 궤적을 따라 올 한 해도 깊어 갑니다. 숲이 하루하루가 다르게 가벼워집니다. 덕분에 파란 하늘빛이 숲속 깊은 곳까지 스며들고, 이 시기를 기다려 온 꽃님들이 무대에 오릅니다.

　가을 숲꽃은 색조부터 남다릅니다. 여름 녹색 숲에서는 하얗고 노랗게 밝은색으로 치장해야 했지요. 어둑한 곳에서도 곤충 눈에 잘 띄어야 했으니까요. 가을 숲에서는 좀 여유가 있습니다. 공간이 환하게 열리니, 빨주노초파남보 제각각 물려받은 색조를 뽐내며 장단을 맞춥니다. 그중에 청보라색 꽃이 유난히 많이 보입니다. 용담, 과남풀, 솔체꽃, 층꽃풀, 벌개미취, 쑥부쟁이, 투구꽃. 엉겅퀴, 자주쓴풀, 향유, 배초향…. 이들이 숲 바닥에서 전하는 꽃빛이 바로 가을 색채입니다.

가을에 청보라 꽃이 많은 이유는 무엇일까요? 숲꽃은 하얀색이 가장 많고, 다음으로 빨강과 노랑이 많이 보입니다. 파랑에서 보라꽃이 상대적으로 드문데, 이들이 가을에 많이 보입니다. 꽃색이 좋아야 곤충도 오겠지요. 나비는 빨강·하얀 꽃을 주로 찾고, 벌은 노랑·파랑·보랏빛 꽃을 많이 찾는답니다. 가을이 되면 나비 활동이 줄어들고 벌들이 늦게까지 매개체 역할을 하지요. 그러니 벌이 알아볼 수 있도록 청보라로 치장하는 게 유리하겠지요. 벌과 취향을 맞추는 가을꽃의 지혜입니다.

소백산 비로봉 길에서 청보랏빛 유난한 꽃님을 만났습니다. 하늘을 배경으로 참 세련되고 기품 있어 보입니다. 꽃잎을 오므리고 있어 덜 핀 봉오리처럼 보이지요. 실은 햇빛이 좋을 때만 잠깐씩 꽃잎을 열어 벌이 드나들 수 있도록 합니다. 꽃 모양새가 관음보살처럼 여겨졌는지 '관음초觀音草', '관음풀'로 부르다가 과남풀이 되었습니다. 그러고 보니 고산 하늘길에 곧추선 모양새가 세상 소리 다 듣는 보살입니다.

숲에서 과남풀을 보면 용담이라는 풀과 많이 헷갈립니다. 둘 다 용담과龍膽科를 대표하는 여러해살이풀로 고산 양지쪽에 잘 자랍니다. 과남풀과 달리, 꽃잎이 활짝 벌어져 있고 꽃잎 안쪽에 진한 자주색 반점이 있으면 용담입니다. 뿌리 쓴맛이 곰쓸개보다 강하다 하여 붙여진 이름이지요. 쓴맛을 표현하는 데 용까지 등장시켰으니 약효가 정말 좋은가 봅니다. 몸에 이로운 약은 쓰다고 하지요. 우리 조상님들 용담 뿌리를 다려 소화제로도 쓰고 간肝 건강도 지켰습니다.

과남풀은 잎이 칼처럼 길고 날카로워 '칼잎용담'이라 부르기도 합니다. 과남풀과 용담. 가을에 같이 피는 보라 꽃 동지이니 구별하고 이름을 불러 주면 좋겠습니다.

투구꽃_ *Aconitum jaluense* Komarov

투구꽃

사람의 길을 묻습니다

투구꽃은 고깔처럼 생긴 자주색 꽃부리가 두드러집니다. 꽃을 옆에서 보면 옛날 병사들이 쓰던 투구를 닮았다고 해서 투구꽃입니다. 투구 앞쪽이 새 부리처럼 툭 튀어나와 있지요. 실은 이 투구는 꽃잎처럼 행세하는 꽃받침이고요, 진짜 꽃잎 두 장을 감싸면서 꿀샘을 보호하는 역할을 합니다. 꽃차림을 보니, 숲길에서 만나면 "저 꽃이 뭐지?" 궁금하게 생겼습니다. 동행하시는 분들께 투구꽃이라 알려 주시지요.

투구꽃은 독성이 강한 풀입니다. 덩이줄기에 맹독성 알칼로이드 화합물을 많이 가지고 있어, 신경 마비나 심장 정지를 일으키는 것으로 알려졌지요. 옛날 왕조시대에 임금이 내리던 사약賜藥에 재료로 쓰인 바로 그 풀입니다.

역사 드라마를 보면, 일단 귀양을 보냈다가 사약을 내려 가중 처벌하는 장면이 나오지요. 상 위에 사약을 올려놓고 한양을 향해 예의를 갖춘 다음 결연히 마십니다. 사람이 사람의 삶 전체를 재단하는 게 가능했다니요. 그날 역사의 현장은 어땠을지 상상이 안 갑니다.

숲에는 투구꽃처럼 맹독을 가진 풀이 많이 있습니다. 천남성, 진범, 은방울꽃, 동의나물, 미치광이풀, 앉은부채, 박새, 여로, 삿갓나물…. 산나물인 줄 알고 잘못 먹으면 큰일 납니다. 뿌리나 줄기에 아코니틴, 쿠라린 같은 독성 화합물을 많이 저장해 놓고 있지요. 수렵시대에는 이들 유독식물에서 독을 채취해 화살촉에 묻혀 사냥했답니다. 아마존 원주민 다큐멘터리를 보면, 지금도 그런 방식을 사용하더라고요. 꽃이나 잎에도 독이 있으니 만지지 않는 게 좋겠습니다.

식물은 땅에 뿌리를 내리고 평생을 살아갑니다. 제자리에서 사람이 만든 온갖 재난을 참아 내야 하고, 자기가 속한 생태계에서 다른 구성원들과 교감하며 살아야 합니다. 이를 위해 많은 대사산물을 만들어 자기 의사를 표현한답니다. 알칼로이드로 자신을 방어하기도 하고, 우리가 잘 아는 피톤치드를 내뿜어 해충이 접근하지 못하도록 하지요. 테르펜과 같은 소통물질을 만들어 이웃과 안부를 주고받기도 합니다. 그냥 살지는 않지요. 늘 생각하고 행동하면서 변화에 적응합니다. 그렇게 자기 세상을 감당하면서 선량하게 살고 있습니다.

투구꽃을 보면서 사람의 길을 물어봅니다. 저렇게 고운 꽃이 독을 품고 있다니요. 사람세상도 주변을 돌아보면 말수도 적으면서 묵묵히 책임을 다하는 사람이 있습니다. 마음 씀씀이가 넉넉하고, 다른 사람에게 해를 입히는 법이 없지요. 늘 밝게 웃어 주고요. 그야말로 천사표天使標입니다.

나는 그렇게 하기 쉽지 않지만, 내 주변에 그런 분들이 많으면 좋겠지요. 이런 분들이 상처받지 않도록 조심해야겠습니다. 천사표라고 왜 독이 없겠습니까? 상처 난 자리에 앙금이 남는 법이지요. 독을 품어야 하는 풀꽃의 딜레마와 다를 바 없습니다.

산국_ *Dendranthema boreale* (Makino) Ling ex Kitamura

산국

바람에 바람을 싣습니다

가을의 주인공! 국화입니다. 매화, 난초, 대나무와 더불어 사군자四君子라 하지요.

국화야, 너는 어이 삼월 춘풍 다 지내고
낙목한천落木寒天에 네 홀로 피었나니
아마도 오상고절傲霜孤節은 너뿐인가 하노라

무서리 추위에도 굴하지 않는 절개의 표상입니다. 그렇게 누군가에게는 단호한 은유로, 누군가에게는 깊은 상념으로 동맹을 맺은 가을꽃입니다. 한 해를 마감하는 이별 꽃이

라서 그럴까요. 요맘때 시간이 자꾸 빨리 가는 것 같네요. 왠지 모르게 계절을 붙잡게 됩니다.

국화의 원조는 산국山菊이지요. 볕이 잘 드는 숲길을 따라 걷다 보면, 노란색 작은 꽃 무리를 달고 있는 산국을 만납니다. 향기도 진해 주변 숲을 가을 정취로 물들이지요. 동네에서 보는 형형색색 국화에 익숙하신 분들은 긴가민가할 수도 있습니다. 꽃 크기가 작아서 그렇지 진짜 오리지널 국화입니다. 잘 말려 두었다가 꽃차로 우려내 마시기도 하지요. 겨울날 눈 내리는 창밖을 보면서 국화 향을 즐기는 호사가 그려집니다. 누구나 그런 여유를 즐길 수 있는 세상이어야겠지요.

산국보다 꽃 크기가 조금 더 큰 국화도 있습니다. 산국과 구별해 '감국甘菊'이라 부르지요. 산국꽃이 오십 원짜리 동전만 한 크기라면, 감국은 오백 원 동전만 합니다. 가지 끝에 꽃이 달리는 모양으로도 구분할 수 있습니다. 산국은 꽃이 촘촘하게 많이 달린 데 비해, 감국은 한두 개씩 달려 성글어 보입니다. 그렇다고 산국과 감국을 구별하려 너무 애쓰지 않으셔도 됩니다. 숲에 들어와 숲에 피는 국화를 만난 것만으로도 가을 마음은 이미 풍성하니까요. 바로 여러분이 이 계절의 주빈主賓입니다.

이맘때면 온 나라가 국화 향으로 가득합니다. 동네 곳곳마다 국화를 주제로 한 축제도 한창입니다. 갖가지 모양의 조형물이 등장하고, 국화 옷으로 단장한 곰돌이·호돌이도 흐뭇한 표정입니다. 사람 손을 타니 무엇이든 상상 초월 변신입니다. 꽃색도 휘황찬란합니다. 꽃 크기에 따라 대국, 중국, 소국이라고도 하지요. 산국을 기본으로 하는 돌연변이체입니다. 사람 중심으로 사람 눈에 보기 좋게 만든 원예 국화들입니다.

원조가 있으니 복제품도 있고 유사품도 있겠지요. 두서없이 온 세상이 국화바람입니다. 순한 국풍菊風이지요. 이들의 향연에 눈·코·귀·입 모두 취합니다. 사람들을 하나로 묶는 묘한 매력이 있습니다.

바람에 바람을 실려 보내기라도 했을까요. 오가는 이들마다 눈자위가 촉촉합니다. 그러니 계절을 대하는 마음은 다 똑같은 것 같기도 합니다. 숲나그네 바람도 국풍에 실립니다. 이런 날 좋은 사람과 국화주 한 잔 곁들이면 금상첨화겠지요. 잠시 짐을 내려놓으시지요. 어떤 넋두리라도 국화 향은 다 받아 준답니다. 혹시 올해 마음껏 웃어 본 적이 없으시다면, 지금이 기회입니다.

까실쑥부쟁이_ *Aster ageratoides* Turczaninow

쑥부쟁이_ *Aster yomena* (Kitamura) Honda

쑥부쟁이

지금이 전설입니다

　들에 피는 국화를 통칭해서 그냥 들국화라 부르곤 하지요. 그런데 들국화라는 이름을 가진 식물은 없답니다. 이제부터 쑥부쟁이와 구절초를 기억하시면 좋겠습니다. 우리 땅에서 가을 들녘과 숲에 피는 국화로 독보적이지요. 둘을 구별하면 더욱 좋고요. 같은 국화과 아스터라시Asteraceae이지만 속명이 다르답니다. 쑥부쟁이는 참취속 아스터Aster이고 구절초는 산국속 덴드란테마Dendranthema이지요. 성씨는 같은데 본관이 다르다고 할까요. 조금만 주의 깊게 보면 누구나 구별할 수 있습니다.

쑥부쟁이는 꽃이 연보라색이고, 잎이 작고 가는 피침형입니다. 들녘에서 연보라색 국화꽃을 보시면, 우선 쑥부쟁이를 떠올리시면 됩니다. 비슷한 색을 가진 국화로 개미취, 벌개미취도 있어 헷갈리기는 합니다. 쑥부쟁이는 이들보다 키도 작고 잎도 작아 단정해 보입니다. 수줍은 새아씨랄까요. 요란하지 않습니다. 꽃 크기가 작고 잎이 까칠한 까실쑥부쟁이도 있습니다.

쑥부쟁이 이름에는 슬픈 사연이 담겨 있습니다. 불쟁이네 딸내미가 동생들 끼니를 마련하려고 쑥을 캐러 다니다 그만 벼랑에서 떨어져 죽었답니다. 그 자리에서 피어났으니 쑥부쟁이라 했다는 이야기입니다.

구절초는 꽃색이 하얗고 잎이 쑥처럼 생겼습니다. 혈액순환, 염증 억제 등에 좋다고 약재로 많이 쓰고 있지요. 음력 9월 9일에 꺾어 말려야 약효가 좋다고 구절초九折草입니다. 동네에서도 흐드러지게 핀 구절초 꽃밭을 볼 수 있지요. 산사에서도 단골로 만날 수 있고요. 구절초 축제를 하는 동네도 있습니다. 쑥부쟁이와 함께 가을을 상징하는 국화랍니다.

이제 꽃색과 잎 모양만으로도 둘을 구별할 수 있으시겠지요? 드디어 '들국화' 대신 '쑥부쟁이'와 '구절초'로 이름을 부를 수 있게 되었습니다. 쑥부쟁이, 구절초, 개미취, 벌개미취, 산국, 감국. 우리 땅을 지키는 우리 국화입니다. 이들이 없는 가을은 상상할 수도 없지요.

한 송이 국화꽃을 피우기 위해
봄부터 소쩍새는 그렇게 울었나 보다

그렇습니다. 가을 한 철 꽃을 피우기 위해 뜨거운 여름도 참아 내며 수고를 했지요. 그게 살아 있는 이유였고, 그 이유가 다음을 이어 가는 세대에 전설로 남는 것이지요. 그 유장한 역사가 영원하길 기대합니다.

사람이 키운 원예 국화도 마찬가지입니다. 이 한 철을 보려고 봄부터 묘를 기르고, 순을 짚고 모양을 잡아 왔습니다. 그 속에 깃든 장인의 정성에 존경을 표합니다. 거리든 건물이든 여기저기 공간을 치장한 게 엊그제 같은데, 벌써 시들어 갑니다. 약속이나 한 듯 잠시 피었다 사라집니다. 아깝기도 하고, 부질없기도 하고 서글퍼집니다. 그것이 가을의 존재 이유라면 받아들여야겠지요.

그래도 국화 향이 사람을 가리지 않아 다행입니다. 날짜
가 더 가기 전에 남은 향기라도 가져가시길 권합니다. 우리
모두 충분히 즐길 자격이 있습니다.

구절초_ *Dendranthema zawadskii* var. *latilobum* (Maximowicz) Kitamura

꽃향유_ *Elsholtzia splendens* Nakai ex Maekawa

꽃향유

서쪽 하늘에 새깁니다

날씨가 꽤 추워졌습니다. 도회지 사람들 트렌치코트가 얇아 보이네요. 산에도 패딩을 챙겨 입고 오르시는 분이 많이 보입니다. 해마다 그렇듯이 꽃들도 열매에 유산을 남기고 저물어 갑니다. 그래도 그냥 겨울로 넘어가기가 아쉽지요. 늦게까지 가을을 지키고 있는 꽃님들에게 길을 물어봅니다.

이맘때 햇빛이 잘 드는 산비탈에서 보랏빛을 발산하는 꽃 무리가 있습니다. 허브 향 같기도 하고, 고소한 냄새가 바람에 실려 옵니다. 주변에 참깨밭이 있나 할 정도이지요. 만추晩秋의 향기, 꽃향유랍니다. 잠시 가던 길을 멈추고 숨을 크게 들이마셔 봅니다. 머리가 맑아지고 몸이 가뿐해집니다.

꽃향유는 꿀풀과 식물입니다. 향유 *Elsholtzia ciliata* (Thunb.) Hylander, 배초향 *Agastache rugosa* (Fisch. & Mey.) Kuntze과 함께 늦은 가을까지 숲을 지키는 꿀풀 삼총사이지요. 향유보다 꽃이 화려하고 향기가 더 고소하다 하여 꽃향유입니다. 작은 통꽃들이 벼 이삭처럼 줄기 끝에 무수히 달립니다. 작은 꽃 하나하나마다 꿀을 많이 가지고 있어 벌들에게 인기 있는 밀원蜜源식물이지요.

다른 꽃들이 시들해지는 늦가을에 눈에 띄게 만개하니, 꿀벌에게는 이득을 주고받는 소중한 파트너입니다. 꽃대마다 허니댄스Honey dance로 분주하지요. 세상 벌들이 다 모인 것 같습니다. 더 쌀쌀해지기 전에 최대한 양식을 모아야겠지요. 꽃향유는 벌에게 참 고마운 식물입니다.

숲에서 꽃향유, 향유, 배초향을 구분한다면 금상첨화입니다. 향유와 꽃향유는 작은 꽃들이 특이하게 꽃대 한쪽으로만 치우쳐 있습니다. 청소용 브러시를 닮았지요. 반면에 꽃대를 둥글게 감싸고 있으면 배초향입니다. 또, 꽃향유는 잎이 하트 모양이고 잎자루가 보랏빛을 띱니다. 향유는 잎이 가늘고 길며 잎자루도 녹색이지요. 꽃향유가 향유보다 꽃이 촘촘히 달리고 꽃색도 더 진하고 화려합니다. 향유는 꽃이 성글어 보입니다. 배초향은 음식 요리에 잡내를 없애는 데 요긴하게 쓰입니다. 그래서 냄새를 물리치는 풀, 배초排草입니다. 방아풀이라고도 하지요.

서쪽 하늘 노을빛으로 숲길에 붉은 카펫이 깔립니다. 꽃향유 무리도 너나없이 서쪽 하늘 바라보며 안부를 묻습니다. 뒤안길로 꽃대 그림자들이 길게 늘어서고, 그들이 부르는 코러스로 사운드트랙이 완성됩니다. 늦가을 꽃향유가 전하는 붉은 노래입니다. 분명 이별 노래일 겁니다. 이 파노라마에서 숲나그네는 조연입니다.

어스름한 숲길에 한기가 감도네요. 절로 걸음을 재촉합니다. 앞으로 가면 갈수록 저만큼 뒤처지는 그림자에 아쉬움이 묻어납니다. 그렇게 가을을 남겨 두고 가야 합니다. 꽃향유 무리가 붉은 노래를 부르는 계절, 누구나 서쪽 하늘을 바라봅니다.

수리취_ *Synurus deltoides* (Aiton) Nakai

수리취

그 자리에 서 있습니다

입동立冬이 지났네요. 하늘이 금방이라도 눈을 쏟아 낼 듯 희뿌옇습니다.

시월은 맹동孟冬이라 입동 소설 절기로다

나뭇잎 떨어지고 고니 소리 높이 난다

듣거라 아이들아 농공을 필하도다

남은 일 생각하여 집안일 마저 하세

무 배추 캐어 들여 김장을 하오리라

《농가월령가》 시월령이 전하는 초겨울 풍경입니다. 그

때나 지금이나 변함이 없어 다행입니다. 잎새 몇 개 흔들리는 굴참나무, 시든 꽃이 거추장스러운 산국, 오늘도 걷고 있는 갈색 나그네…. "아직 가을이야." 그렇게 우기면서 붙잡았던 계절 끝자락을 놓아줍니다.

늦게까지 자주색 방울꽃으로 위세를 떨치던 수리취들도 다 여문 열매로 노을빛에 안깁니다. 해가 기우니 떠날 채비를 하는 것이지요. 쌀쌀한 바람에 흔들리는 열매들이 그나마 휑한 숲길을 채워 줍니다.

불현듯 유년 시절 다 익은 수리취 열매에 불을 붙여 불씨를 옮기던 기억이 납니다. 열매 속이 부싯깃으로 요긴했었지요. 옛날 어르신들 담배 피우시던 곰방대를 닮았습니다. 지금으로 말하면 자동차 시가잭이라고 할까요.

수리취는 꽃 모양이 수레바퀴를 닮아 수레취, 그렇게 수리취가 되었답니다. 수리취 어린잎과 쌀을 섞어 만든 수리취 절편으로도 유명하지요. 둥근 절편 위에 수레바퀴 모양의 떡살로 문양을 낸 눈맛도 즐겼답니다. 특별히 수릿날에 건강을 기원하고 잡귀를 물리치는 풍습으로 나누어 먹었지요. 떡이 이웃 간에 덕을 나누는 중요한 매개체였습니다. 우리 조상님들 그렇게 서로서로 베풀면서 이 세상을 이롭게 만들었습니다.

그리고 보니 조상님들은 참 떡을 좋아했습니다. 우리 근본이 쌀과 보리를 주식으로 하는 농경에 있으니 필연적인 문화이겠지요.

정월 대보름 달떡이요

이월 한식 송병松餠이요

삼월 삼진 쑥떡이라

사월 팔 일 느티떡에

오월 단오 수리치떡

유월 유두에 밀정병이라

칠월 칠석에 수단이요

팔월 한가위 오려 송편

구월구일 국화떡이라

시월상달 무시루떡

동짓달 동짓날 새알시미

섣달에는 골무떡이라

사람세상이 얼마나 너그럽고 정겨웠는지 《떡타령》으로 새겨 봅니다.

　겨울을 맞이합니다. 봄, 여름, 가을 숲길을 이어 주던 꽃님들을 돌아봅니다. 입춘立春이 지나야 움틀 테니, 서너 달 기다려야 하겠지요. 그렇지만 멈춰 있지는 않을 겁니다. 한 해 동안 있었던 일들을 돌아볼 테고 다가올 일들도 계획하겠지요. 모자라면 모자란 대로, 넘치면 넘치는 대로 이웃과 함께할 것입니다. 그렇게 온정을 나누며 새봄을 약속합니다.

　계절을 한 바퀴 돌아 다시 오늘, 수리취 앞에 서 있을 나그네를 그려 봅니다. 늘 한결같은 마음으로 서 있길 기대해 봅니다. 지금은 얼음새꽃, 바람꽃, 노루귀, 봄까치꽃이 새봄을 준비하는, 겨울 쉼터입니다.

꽃도 사람도 다정합니다

꽃세상과 이야기를 나누다 보니 해가 저물어 갑니다. 사람보다 먼저 이 세상에 나와 삶의 이치를 깨닫고 길을 밝히고 있었지요. 그러니 우리 모두 꽃길 위에 선 나그네입니다. 가면을 벗고 꽃바람을 맞이합니다. 치우침이 없이 순리를 존중하며 살라 합니다. 때로는 분하고 답답한 일도 있겠지만, 어쩌면 그조차도 비교와 욕심 때문이라 합니다. 너무 어깃장 부리지 말고 처음으로 돌아가라 합니다. 그리고 가끔 하늘을 올려다봅니다.

과도한 집착으로 머리가 복잡한 나를 발견합니다. 한 발 물러서서 바라보니 참 가엾고 처량합니다. 내 것이 아닌 것에 너무 애쓰고 있었습니다. 나는 나로서 충분합니다. 무엇을 채워야 하는지도 알게 되었습니다. 내가 잘할 수 있는 일에 더 관심을 두고 가치를 소중히 하자고 다짐합니다. 그렇게 내가 잊고 있던 나의 존재를 분명히 하니 일상이 고맙습니다. 이제 흔들리지 않기로 약속합니다. 상처 만들지 않기, 혼자서도 잘하기. 내 삶에 무게를 덜어 냅니다. 비우니까 세상이 비로소 아름다워집니다.

이제 다시 시작할 수 있습니다. 꽃세상이 그랬듯이, 사람세상도 지속 가능할 수 있습니다. 먼저 속도를 조절하고 앞뒤 좌우를 돌아봐야겠습니다. 자연과 소통하고 이웃과 나누며 공존하는 치유의 삶이 있어야겠지요. 어쩌면 코로나블루 Corona blue가 기회일 수도 있습니다. 지금 서로 용기를 북돋아 가며 서로 인정하면서 함께 잘 대처하고 있잖아요. 이 고립의 울타리를 넘어서면, 사람세상에도 희망의 꽃길이 펼쳐지리라 기대합니다.

우리에게는 지난 지혜를 돌아보고 나아갈 길을 찾아낼 줄 아는 좋은 유전자가 있습니다. 꽃세상이 그런 혜안을 계시하는 멘토mentor이지요. 구호로만 문서로만 좋은 세상이 아닌, 우리가 모두 실감하는 좋은 세상이 되어야겠지요. 이제 꽃사람들이 함께 궁리하고 솔선해서 실천할 차례입니다.

오랫동안 자연 이야기를 나눠 온 숲사랑 친구들이 있습

니다. 이들과 함께 이름을 불러 주고 인사를 나눈 꽃님들이 새록새록 합니다. 지금도 진행 중이지요. 늘 고맙습니다. 더불어 지혜공작소 논객님들과도 안부를 나눕니다. 그들과 삶의 가치를 고민하고 인문학을 나누며 많이 성장했습니다. 허물 모르는 게 부부라 하지요. 그렇게 숨김없이 세월을 감싸며 꽃길에서 함께했습니다. 앞으로도 꽃길이지요. 그분께 감사를 전합니다.

《꽃세상, 길을 만납니다》가 꽃을 찾는 사람들에게 조금이나마 관심거리가 되면 좋겠습니다. 이 책으로 꽃들이 펼치는 인문학과 친해지면 더할 나위 없고요. 아울러 사람세상이 무한경쟁을 극복하고 균형과 화합을 이루는 데 작은 보탬이 되길 기대합니다. 이 땅의 선량한 사람들에게 꽃세상을 드립니다.